ちくま文庫

満腹どんぶりアンソロジー

お〜い、丼

ちくま文庫編集部 編

筑摩書房

本書をコピー、スキャニング等の方法により無許諾で複製することは、法令に規定された場合を除いて禁止されています。請負業者等の第三者によるデジタル化は一切認められていませんので、ご注意ください。

目次

天丼

カツ丼

牛丼

親子丼

海鮮丼

いくら丼

まだまだあるぞ丼

うな丼

扉イラスト：上路ナオ子
編集協力：ゴーパッション（杉田淳子、武藤正人）

本書中に登場する人物や店舗の情報は
作品が書かれた当時のものです

おーい、丼（どん）
満腹どんぶりアンソロジー

天丼

天丼の食べかた

長田　弘

天丼ってやつはね、と伯父さんはいった。
かならず炊きたてのめしじゃないといけない。
それと、油だね。天丼は、
よほど揚げこんだような油がいい。
新しい油じゃいい色にならない。
ちょいと揚げすぎかなってな感じでね、
明るく揚げる。
肝心なのはつゆで、つゆは
普通の天つゆに味醂と醤油と
それから黒砂糖をちょっぴりくわえる。

くつくつ煮つめる。
白砂糖じゃないよ、黒砂糖だ。
汁とたれのあいだくらいの濃さに煮つめる。
そして、つゆに天ぷらをつけるんだが、
火からおろしてからじゃない。
弱火にかけたままのつゆにつける。
味をよくしみわたらせて、
天ぷらを熱いめしにのせてつゆをかけたら、
あとちょいと蓋しておいて食べる。
天丼ってやつはね、と伯父さんはいった。
役者でいうと名題の食いものじゃない。
馬の足の食いものだったそうだ。
名題の夢なんかいらない。
おれは馬の足に天丼でいい。
毎日おなじことをして働いて、
そして死んで、ゆっくり休むさ。

死ぬまで天丼の好きだった伯父さん。
伯父さんは尻尾だけ人生をのこしたりしなかった。

天どん物語──蒲田の天どん

種村季弘

はじめてお目に掛る食物は別として、すでに食べたことのある食物には一つ一つ、思い出の淡い薄膜が埃のようにうっすらとかぶさっている。その思い出の薄膜ごと、あるいは薄膜の鹹味(かんみ)を通してくだんのものを食べるので、ある食物そのものの味というのは、実は純粋に化学的な蒸溜水と同じに無いも同然である。

思い出は各個人に固有のものだから、食物の味は人によって違ってくる。好き嫌いのかなりの部分は、人のその食物に対する、楽しい、あるいはいやな思い出とひそかに連動しているのではなかろうか。

たとえば林檎。私はこれが食べられない。戦争中、長野県の林檎の産地に疎開させられて、くる日もくる日も林檎ばかり食べさせられた。空腹を抱いて、そのもう湯の出なくなった温泉町の小路をほっつきあるいていると、横合いからいきなり誘拐の手のようなものがにゅっと伸びてさらわれていった先が町医者の診療室。そこで注射器にたっぷり血液を吸いとられた報酬が、またまたあの悪夢を手に握れる物質にしたような林檎だったとは。国光も、デリシャスも、宝石のようなインド林檎も、それ以来お歯に合わない。いまでも重症の林檎不能症で、林檎は見るだけ。

サツマイモ、南瓜——これもいけない。同年代以上の読者には解説の必要もあるまいが、戦中戦後に石のように硬い冠水イモや冠水南瓜を連日食わされたためである。草餅。餅草と一緒に摘んだ何か有毒の青草に当って七転八倒してからというもの、青いものを見ただけで身体中に鳥肌が立った。藪系の青い蕎麦が駄目になり、鯖、コハダ、アジのような青い魚にまで青恐怖症が伝染した。もっとも、蕎麦と魚は一時的不能と見えて、いまではもうおいしく口に入る。

こうしていちいち枚挙してゆくと、食べられるものが何にもなくなってしまいそうだ。事実、まあそれに近いのである。毎日食べる日常食の材料が質的に極端に低下した時代を過してきたために、ありふれた食物ほど苦手になっているのだろう。そのために栄養体系のバランスが崩れて、食糧事情が回復してからも偏食傾向が残り、飽食しながら栄養失調という奇妙な状況が続いて、同世代の人間がバタバタ倒れてゆく。

何よりも困るのは、ある種の食物が食べられないので、その味わいと一緒にたぐり出されてくる記憶が開かずの間に封じ込まれてしまうことだ。これは、私のように物を書く職業の人間には致命的なマイナスである。

たとえば岡本かの子の『鮨』の主人公のように、鮨をつまむことで幼時の母との交歓の記憶が滾々と蘇ってきたり、プルーストの『失われた時を求めて』の主人公のように、マドレーヌというお菓子を紅茶に浸して口中にすると、おさない頃を過したコンブレエの幸福な日々がまざまざと記憶に浮び上がってくる、というような食物による特権的瞬間の恩寵をかなり制限されることになる。

文学作品を引き合いに出して言えば、むしろ『暗夜行路』の主人公の羊羹に対する感情がかなりの種類の食物について行き渡っているのである。少年の時任謙作が歯を食いしばった口のなかに丸ごとの羊羹を無理矢理押し込まれるときの恐怖。口のなかの暗黒と羊羹の黒とがつながって、その真黒な虚無のなかに食べている自分がぬるぬると呑み込まれてゆくような恐怖が、手近の目ぼしい食物に次々に伝染してしまったら、もうお手上げである。

人が平気でおいしそうに平らげているものが自分には食べられない。世界中がご馳走だらけになっても、自分一人は美女に取り囲まれた淋病病みの男のように手が出せない。どんなにおいしそうな食物も、悪い記憶の薄膜に目に見えない細菌のようにびっしりと被われていて、人には見えなくても自分にだけはそれが一目瞭然なのだ。

そのものが食べられなくなると、そのものを食べたときの幸福な思い出も帰ってこなくなる。夜商いの石焼きイモ屋から買ってきた焼イモの、口のなかでほかほか崩れてゆく香ばしい味も、その冬の夜のきびしい寒さと、そこから保護された茶の間のなつかしいぬくもりも、肝腎のイモが食べられなければ蘇ってはこない。人生の大きな損失というものではなかろうか。

それも好物が食べられなくなるのが辛い。私の場合ならあるときを境に揚げ物をまるで受けつけなくなったことがある。昭和二十七年頃の闇市で、得体の知れない古い油で揚げたものを肴に仲間二人とメチル・アルコールを飲んで別れてから、その一人が頓死した。死んだ友達と同じ部屋に下宿していた片割れが、明け方、まっさおな顔をして知らせにきてくれた。身体中がねじくれるような苦しみのなかをのたうち回って息切れたという。

その日から、天ぷら、豚カツ、メンチ、コロッケ、フライのような子供の頃からの大好物が禁断の果実になってしまった。褐色に揚げたものを見るだけで、闇市の揚げ鍋のなかの、どろどろした黒い油に気味の悪い泡が踊っている光景や、油臭いおくび、薬のにおいのする焼酎のゲップがこみ上げてきて、真黒などろりとした液体を堰き止めている嫌悪感に苛まれるのである。

ふとしたきっかけでこれは治った。それから数年後、大阪のホテルで人に誘われて何気なく天ぷらをつまむと、あれほど鬼門だった天ぷらが何の抵抗もなく胃の腑に納ってしまったのである。

良質の油やネタが出回る時代に入っていたからだろう。衣を水でなく酒でとくのが油のにおいを消したのかもしれない。次に思い当るのは色の感触である。上方天ぷらの卵色がどす黒い油の記憶を遮断してくれたのである。汁を使わずに、乾いた白い塩で食べるのも、悪い色の強迫観念を祓ってくれた理由かもしれない。

それかあらぬか、いまでも私は、点心か西洋菓子に似た長崎天ぷらや、上方風の揚げ方の天ぷらの方が好みに合う。要するに、同じ天ぷらでも、色や形や調理法によってある種の記憶は閉ざされ、別の記憶の扉が開くという魔術（とはつまり料理の腕）のおかげで、悪い記憶の回路が閉じるのである。

ただし、天どんの好みだけは上方風ではない。これは汁のたっぷりしみ込んだ、色の濃い、東京の蕎麦屋で出すようなのが好きで、専門の天ぷら屋のでない方がいい。

理由は分っている。ある食物がある思い出にとりわけつながっているとすれば、私の場合、天どんは家庭教師という仕事の思い出につながっている。その家庭教師に行った先で出されるのが、きまって蕎麦屋の出前の天どんだったのである。

学生時代はあまりアルバイトをしなかった。私が家庭教師を熱心に勤めたのはもう世の中に出て、それも若気のいたりで一つ二つの勤め口を棒にふって、失業者だったときのことである。友人が心配してくれて、医者の卵にドイツ語を教えることになった。高校生相手と違って報酬はかなり多額であるうえに、相手は大人なので、割の悪くない仕事である。別々の時期に三件の家庭教師を勤めたが、どこへ行っても不思議に天どんが出た。

授業が終ってから四方山話かたがた、出前の時間が早すぎてとうに冷め切った天どんに箸をつける。教えているときの知的優越からがくんと落ちて、しがない不定の職業でかつがつ生存を支えているのだという実感がしみじみと身にこたえる、まことにわびしくもうらがなしい時間である。病院長のドラ息子がときどきビールをすすめながら無邪気に話しかけてくる。

「お住居は？　ああ池袋ですか。あそこの近くに××病院があるでしょ。うちの外科のインターンが実地見習に行く病院なんですよ。あそこで労務者の二十人も大根切りにすれば、まあ一人前になるって位のもので、二年先にはぼくも行くんです」

表面が冷えきっているのに裏はご飯のぬくもりでまだほんのり温味の残っている海

老天が、咽喉元に引っかかってひくひく上下する。二年先にだけは絶対に外科の厄介になるような故障は起すまいな。気が滅入っているところへ追い打ちを掛けるように、外でキーンと大スピーカーが鳴った。

日曜日の午後は、その家の隣りの新興宗教本部の中庭で、スピーカーを通じて「告白」がおこなわれるのである。声の調子では四十がらみらしい男が話しはじめた。

「……そこで私は父親の頭に鉈をブチ込んで、後をも見ずに家をとび出したのでございます。刑務所に十二年、出所いたしまして虫けらのように社会の裏を這いずり回っております間にお祖師さまのご恩に感じまして、こうして曲りなりにも更生させて頂きました次第でございます」

ワーッと歓声が上がり、トタン板に霰が散るような拍手がスピーカーを占領する。背後からは更生した凶悪犯、つまりはもう傷害殺人をやり尽してしまった男の声にスピーカーで脅かされ、正面からはまだやっていないとはいえ同じような作業を二年先に控えて手ぐすね引いている、坊やのような医学生の軽やかな舌の回転の攻勢に受太刀になり、間に宙吊りになった恰好でまたもや丼の隅に寄せた花生姜の糸をぼそぼそと箸の先につまむ。

おれも「告白」する資格があるかもしらんぞ。こいつが、と医学生を見て、学期末試験に受かり、果てはインターンになれるように泥縄式の語学を教えてるとすりゃ、こりゃ歴とした共犯者なんだものな。

話が出来すぎているようだが、ウソではない。だから、もう共犯としての時効を過ぎているにしても、わざわざ二十年後の現在、ここにこうして「告白」してさっぱりしたいと思うのである。

あとの二件は二人とも相手が女性だった。一人は医科の女子学生。勉学よりお化粧と夜遊びに余念がない口で、教えている時間より、頼まれて家出した先を探し回っている時間の方が多かったように憶えている。

正真正銘にまともだったのは外川満子博士だけである。血液学を専攻する現役の女医さんで、すでにきちんと外国語も習得しており、ただ研究交換のために渡独する前に軽くおさらいをしたいというだけの、願ってもない上客であった。

この人のところでもやはり天どんが出た。木造病棟の二階の看護婦室のような小部屋を教室代りに借りている。そこで天どんを給仕するのが、看護婦ではなくて軽症の患者らしい人なのが、変っているといえば一風変っていた。

蒲田の一角にある大病院である。大きな敷地に点々と各病棟が建っている。なかで私の目的地の病棟は女の患者ばかりで、木造の兵舎のような薄暗い大病室に寝着姿のさまざまの年齢の女性患者が根を失った植物のようにひょろひょろとあるいていた。階段脇の洗い場で洗濯をしたり、米をといだりしている患者もいる。申し合わせたようにうつろな顔をしていた。外川さんは別に教えてはくれなかったが、どうやら女性だけの精神科病棟らしいのだ。

これで腑に落ちたことがある。給仕をしてくれる女性が、どうかすると妙に色っぽい目つきをするのである。私は勝手に自分の男前のせいと決め込んでいたが、これは相手のパラノイアにこっちが染ってしまった結果で、彼女は男なら誰にでもその目つきをするのだ。その種の患者を選んで、若い者をうれしがらせた外川博士もお人が悪い。

蒲田の病院の天どんは特別においしかった。大病院なので出入の多い何軒ものお店からいちばんいいのを選んでくれたのだろう。そのせいで私はすっかり天どんのマニアになってしまった。ようやく勤め口にありつくと、昼食も夜食もきまって天どんを取った。

これが祟った。何しろ朝から晩まで天どん一本槍である。身体にこたえないわけはない。ついにある夜横腹に疼痛が走り、高熱を発して、尿が赤に近い黄色に変った。急性肝炎である。

ヴィールス性肝炎だから、あながち暴飲暴食のせいばかりではない。しかし暴飲暴食をしていたことも間違いなくて、だからヴィールス感染に抵抗がなくなっていたのである。

家庭教師時代のよしみで蒲田の病院に入院した。点滴と食餌療法の一カ月である。外川先生は渡独中、女子精神科病棟はとうにどこかへ取り払われて、病院はすっかり近代化されていた。

季節は一九六〇年初夏で、病室内はむし暑く、病院のどこかで安保反対のデモ隊の国会突入を報じるラジオが深夜までひっきりなしにがなっていた。下の広場や道路にときおり生(なま)のシュプレヒコールが轟く。闇市の揚げ物を食って悶死した友達の顔が目に浮ぶ。ねじり飴みたいにねじくれて死んだってな。そろそろこっちも年貢の納めどきか。

偏執狂的に天どんに入れあげた罰である。退院すると、私はまたもや揚げ物恐怖症に逆戻りしていた。当分の間油気のものを禁じられたせいもある。そうしてそれから二十年近くの間、天どんには久しくご無沙汰していたのである。天ぷらをはじめ、カツやコロッケ類はふところの必要に応じて食べられるようになっていた。ただどういうわけか、天どんだけは試す機会を失っていたのだ。

それが最近、正確には昨年の初夏、久しぶりに天どんが食べられたのである。これもきっかけはささやかな出来事であった。

所用があって台東区の中学校を訪ね、帰りがけに教員室を出たところで空の出前丼につまずいたのである。丼の蓋が外れて、醬油のタレに茶色くそまった丼底に食いちぎった海老の尻尾がわびしげにへばりついている光景が目を搏った。すると何だかにわかに猛然と天どんが食いたくなってきたのである。

拒否反応が起るかもしれないので、慎重に事態を分析しなければならぬ。私は中学校を出て、まず最寄りの三流ポルノ館に入った。

前にも言ったように、私は凝り性というより偏執狂に近い性格の持主である。天どんが好物となると天どんばっかり、中華料理が好きとなると、横浜中華街を一軒一軒しらみ潰しに渡りあるいたりする。久しくタクシーを敬遠していても、一旦何かの拍子に車を使うと、歩いて三百メートルのところでも車を使わないと気がすまない。

その伝で、その頃はポルノ映画館に凝っていた。もっともポルノ映画を観るためではない。いや、それも観ることは観るのだが、主目的はロビーの長椅子で本を読むのである。場末の三流ポルノ館のロビーや廊下はめったに人が通らない。八百円の入場料で半日以上黙って座っていて文句を言われない、のみならず冷暖房完備の、大都会では数すくない場所である。

ときどき観客がドアを開け閉てすると、スクリーンの方からあやしげな息遣いが押し寄せてくる。私は一瞬耳を澄ます。それからまた目を落して、読みかけのザロモ・フリードレンダー『子供のためのカント入門』の頁を追う。

淫売屋の廊下が修道院の読書室になっているような、その取り合わせが好きなのである。修道院のように禁欲的な読書と瞑想に耽り、しかもその気になればいつでも閾をまたいで淫売屋のドンチャン騒ぎの真只中に入っていけるのだ。館内水を打ったように息を殺しているなかを、かすかに須波物調の息遣いが伝わってくる。それが風にそよぐ葉音のようだ。

その日もバネの抜けた長椅子に腰を落して瞑想に耽った。私が天どんを食いたくなった場所は学校である。それが眠っていた家庭教師時代の思い出をよび起し、目の前の空の出前丼にオーバーラップして、天どんへの食欲をふたたびめざめさせた。それなら家庭教師のときと――つまり天どん中毒で肝炎になる以前の時代と、ほぼ似たような条件が構成されれば、私はたぶん天どんを食えるであろう。

ポルノ館を出て、まっさきに目についた蕎麦屋に入った。天どんを注文し、天どんがきたところで、あらためてビールを頼んだ。天どんを出前が届くくらいの間適度に冷ますためである。

　パリパリの揚げ立てはいけない。家庭教師時代のように、出前が遅れて天ぷらがすこしくたびれ、タレがしみすぎてくたんとなったのを前歯と舌の間に挟んでにったり食いちぎる感触が、まずは復活しなければいけない。天下の天どん通が何を言おうと、私の天どんリハビリテーションには、あのわびしくうらさびしい出前物の正調がぜひとも欠かせないのだ。

　ビールを一本半ほど干した頃合いを見計って、丼の蓋を取る。蓋の裏側に水蒸気の冷めて水玉になったのが、透明な魚卵のようにびっしり貼りついている。よろしい、あの頃そのままだ。崩れそうにふやけた衣を箸でつまむと、ずるっとむけてイカの白いネタがのぞく。構わずに口を寄せて前歯で食いちぎった。

　拒否反応はない。揚げざましを使ったのか衣の表側が冷め、ネタも舌ざわりが冷たいのに、ご飯にぬくもった裏側がほんのりと温かい。これが正調だ。あの頃の通りだ。と思うまに色の濃い衣は難なく咽喉元を通っていた。

　途端に背後で大スピーカーが鳴った。凶悪犯が日曜日の告白をはじめるらしい。ぬるくなったビールをお茶代りに一口含むと、若い医学生がピカピカ光る鋸で人間の太腿を切断している場景が脳裡を横切った。ひんやりとしたコンクリートの壁に囲まれている場所で、下の方に水のひろがっている気配。そのなかから根を失った植物のような女たちがひょろりひょろりと浮んではまた沈む。スピーカーの告白がシュプレヒコールに変り、その声に真赤に染った西空が重なる。バラバラに散らばった手術台の上の手足。悶死した友人のうらめしげな顔。

人生は地獄だな、と私は考えた。人生は地獄だ、人生は地獄だ、とエンドレス・テープのように頭のなかをその言葉が回転し、その間に箸が天ぷらをのせたゴハンをせっせと口のなかに運んだ。

つまりはそういうことだ。人生は地獄だというのに、天どんを食えばうまい。人生は地獄でも、天どんというものがちゃんとある。残る問題は、と私はつぶやいた、そう、残る問題は、地獄にも天どんがあるかどうかだ。

天丼

赤瀬川原平

　天丼はお風呂みたいだ。そう思わないだろうか。やっぱり思わないかな。

でも新宿の西口には天丼屋がズラリと並んでいて、そこでは全員が天丼を食べている。そこに自分もスッとはいって行ってどっかりと椅子に腰掛け、湯気の立つ天丼をホカホカと食べていると、本当にお風呂にはいっているような感じになる。

　お風呂というよりもお風呂屋かな。銭湯。天丼湯とでもいうか。天丼の中で裸になって、体を伸び伸びと伸ばしているような豊かな心持ち。あたり一面に天丼が満ちあふれていて、そこにジーッと肩までタップリとひたっている感じ。思わず口から、

「ウッ……ウッ……ウ――ッ……」

と漏れてくるあの熱いお湯につかったときの声みたいに、

「ホッ……ホッ……ホアッ……」

といって、熱い天丼をホカホカと慌てて食べている口もとから、白い息みたいな声が、思わず漏れる。

でもいまのぼくは天丼はダメだ。嫌いではない。おいしそうで豪華そうで、いつも食べたいとは思うのだけど、食べたあとお腹がもたれてたいていは後悔をする。

この間もそうだった。竹橋の美術館で芸術を観た帰り、パレスサイドビルの下の食堂街で何かお昼を食べようと思い、お鮨もいいし中華もいいし、でも中華はきのう食べたばっかりだし、ここは洋食か、なるほどハンバーグね、それもいいけど、でもこの和食屋さんの天丼いいな、エビ天だなこれは、コロモがカリッとしていて、それがご飯にのっておツユがかけてあって、あのおツユがいいんだよね、あれが凄くおいしい、そうだ天丼がいいよ、そうしよう、最近ずーっと食べてなかったし、この間食べたときあとでお腹がもたれたけど、でもあれはもうだいぶ前だ、今日は大丈夫だよ、久し振りなんだし、一回ぐらい食べたってお腹はまず大丈夫……。

そう思って食べたのだけど、やっぱりあとでお腹がもたれてしまって後悔をした。まったく腹の立つお腹だ。お腹さえもたれなければぼくはいつでも天丼を食べたいのに。

ぼくは食いしん坊だけど、胃が弱いのだ。ハタチのときに早々と胃袋を切ってしまった。そのせいもあるのだけど、脂っこいものが凄くもたれる。

でも若いころは胃袋がもたれようがもたれまいが、そんなあとのことよりとにかく目の前のおいしそうなものはバクバクと何でも食べていた。それが人間年を取るとだんだんズルくなってくるもので、何、天丼か、おいしそうだな、でもこれは油でタップリ揚げてある、きっとあとでお腹がもたれて後悔するぞ、そう思って天丼を横目で冷たくジーッと見るようになってくる。年は取りたくないものだねぇ。ぼくはもう天丼を素直には食べられない年齢に達してしまった。

でも年寄でも天丼を平気で食べている人がいる。それでいてあとでもたれたような顔もしない。あれはいったいどうなっているのだろうか。この間はどこかのお婆さんも天丼を食べていた。お婆さんなのに。

いや人のことはいいけど、ぼくは、あとでもたれることなんて考えもせずに前後不覚で天丼を食べていた若いころが懐しい。あのころ、天丼は本当にお風呂だった。ぼくはあの西口の天丼屋へは、先輩に連れられて行ったのだ。まだ新宿駅に駅ビルなんてなかったころだ。新宿の二丁目にはまだ堂々と遊廓があったころだ。トルコなんていいかげんなものではない。本物ズバリの遊廓だぞ。テレビとか小説とかではなくて、むかしは現実の地面にボンと遊廓があったのだ。そこでハッキリと売春をしていた。

むかしというのは凄いと思う。

そんなころだ。新宿駅の西口を出て右に行ったところには、飲み屋や天丼屋やラーメン屋がギッシリと並ぶ横丁があったのだ。ビルなんかではない。本物ズバリの横丁だぞ。

これはしかし、威張ることでもないか。

あそこにはいまでも少しその横丁が残っている。だけどいまはもう新宿駅の西口といえば、高層ビルかヨドバシカメラだ。でもそのころ西口といえば何もない平野みたいで、その横丁が主人公だった。ぼくはそこにときどき先輩に連れられて行ってはウメワリ焼酎を飲まさせられた。まだ胃を切る前のことだ。ぼくは一人前になろうと思ってグイグイと飲むふりをしたけど、焼酎はついに美味しいとは思えなかった。

でそのあとで天丼屋へ行ったのだけど、あれは本当に豊かな気持だったなあ。その一郭はどの店がいいのかわからないくらいにズラリと天丼屋が並び、そのうちの一軒に先輩のあとからスッとはいってみると、一階も二階もみんなギッシリと天丼を食べていて、あちこちに天丼の湯気がホカホカと立ちのぼっている。でぼくたちも注文して待っていると、ズッシリと重くて熱い丼（どんぶり）が回って来て、それを割箸パチンの合図で食べはじめたぼくは、もう甘くて柔らかくて温い天丼の湯気にスッポリと包まれてしまったのだ。そうやって食べながらそっと聞いてみると、その天丼の値段がまた凄く安いのだ。まるでお風呂の値段のようだった。ビンボーなぼくは本当に感動してしまった。そして感動のあまり、天丼がお風呂になった。

でもいま考えるとあそこの天丼はかなり特殊なのかもしれない。コロモがタップリと、思う存分に大きく、それが惜し気もなくグラマーな感じで、それを息せき切って、

「ホッ……ホッ……ホアッ……」

と喉から声を漏らしながらお風呂のように食べていくと、しばらくしてそのグラマーなコロモの中心部に、短小包茎とでもいうような、何か小さな魚類のような身がある。それが何か自分のもののようで恥ずかしくなり、見たとたんに慌てて口に入れながら、

「ホッ……ホッ……ホアッ……」

とご飯といっしょに食べて飲み込んでしまうのだ。でもぼくはそれまでにちゃんとした天丼を食べたことがなかったので、そんな短小包茎も奇異だとは思わなかった。というよりも、それが短小包茎だということに気がつかなかったのだ。

その天丼屋に行くのは、いつも先輩や友人たちと焼鳥屋で焼酎を飲んだあとだったけど、一度一人でいきなり駈け込んだことがあって、それはぼくが悪いことをしたと

きだった。

そのころぼくはインチキ定期券を使っていたのだ。これはここだけの話なので、読んでも誰にもいわないでほしい。

その方面では、ぼくは最初キセルをやった。でもキセルは電車賃が安くはなるけど、まったくのタダにはならない。だからぼくはキセルにはあきたらずに、定期券の偽造をやった。なぜあきたらないかというと、ぼくは貧乏人だったからだ。やはり貧乏というのはいけないことだ。

いけないぼくは、絵具を一所懸命混ぜ合わせたりしながら、定期券の「月」のところの数字を書き変えた。出来上ったときにはアラだらけですぐにもバレそうだった。だけどそれはぼくのケンソンらしくて、使ってみたらバレなかった。自分で欠点だと思っていることが、他人には欠点に見えないことがよくある。

でぼくはその定期券をオズオズと使いながら、結局その期限の数字の日まで使い切った。たしか一ヵ月ぐらいではなかったかと思う。その間は電車賃がまったくのタダになったのだ。でも使い切ってから、ぼくは定期券の偽造にも限度があると思った。タダにはなるけど、その期限が来ると使えなくなる。そう考えると、ぼくは定期券の偽造にもあきたらなくなった。なぜあきたらないかというと、ぼくはまだまだ貧乏人だったから。

しかしそうはいっても、定期券の偽造というのはやはり恐ろしくてなかなか出来ない。どうすればいいだろうか。もっといい方法はないのだろうか。そう考えながら三日たった。ぼくは相変らず毎日仕事の行き帰りに電車に乗っていて、定期券を使っている。

アッと思った。ぼくは三日間、知らぬ間に期限の切れた定期券を使っていたのだ。しかも偽造の。

明くる日は冷や汗びっしょりだった。それを知っていながらさらに使うのだから。だけど自分で欠点と思っていることが他人にはそうでもないらしくて、改札口は難なく通れた。

その明くる日は冷や汗はかかなかった。でその明くる日はもう自信を持った。考えてみるに、偽造の定期券を使っているうちに、改札口を通るのはただのタイミングだということをいつの間にか身に知っていたのだろうと思う。改札口の駅員は必ずしも定期券の数字を見てはいなくて、歩いて来る乗客の表情やそぶりで無意識にそれが違法者か違法者でないかを判断している。

それがわかってからはもうぼくには改札口はないようなものだった。表情とそぶりさえ出来上っていれば、定期券などあってないような感じで通り抜けられる。ぼくは自信のあまり、偽造の定期券さえも出さずに掌を見せて通ったこともあった。

そして三ヵ月、さすがにもう限度だろうと思った。三ヵ月の期限切れにさらに偽造、もし見つかれば罰金総額は想像もつかない。だけどもう一日、もう一日と伸ばしながら、とうとう新宿駅の西口だった。

「ちょっとあなた、もう一度見せて！」

という声が、背後から聞えた。ぼくは耳を疑った。ぼくはもうほとんど改札口を出るところで、その表情そぶりはいつもと同じく、何のミスもなかったはずだ。それなのにそこに違法者を見るというのは、これはよほど異常な駅員だ。ぼくは気味悪くなった。といっしょにマズイ、と思った。といって振り返るのもマズイと思った。

「ちょっと、その人、定期券を見せなさい！」

もう一度駅員の声。ぼくはもうすでに改札から二メートルほど出ている。ちょうど夕方のラッシュ時で周辺は混雑していた。

「ちょっと、こら……」

もう一度声といっしょに気配があって、駅員は改札のボックスをまたいで外に出たのが背中でわかった。ぼくは走ったのではみずからバレると思ってなおも普通のそぶりで歩きながら、それがどうしても足に力のこもった早歩きになる。

「こら！　待たんか！」

駅員は駈け足になる。ぼくは緊張のあまり、背中に目があるようだ。もう改札からは六メートルほど離れて来ている。そこまで走って来た駅員の伸ばした手の指先が、ぼくの背中に三センチまで近づいたのがわかり、もはや普通のそぶりもこれまでと思った。走ろうと決意した瞬間に、ぼくには雑踏の人と人の隙間が稲妻のように見えた。ぼくはその隙間を稲妻通りに走り抜けて、誰にも衝突しなかった。雑踏を抜けてもぼくはそのまま走り、天丼屋にトントンと駈け込んだ。天丼屋にはちょうど一つだけ席が空いていてあとは満員だった。ぼくはパズルの最後の一カケラのように、その席にはまり込んだ。はまってしまえば、あとはもうどれがどれだかわからない。あちこちにホカホカと湯気が立って、みんなギッシリと天丼を食べている。

ぼくは自分の天丼を待ちながら、天丼はやはり温いお風呂みたいだなあと思った。でも悪事のあとでそんな甘えた気持になったりして、そのころのぼくはやはりイケナイ人だったのだ。

丼もの

池部　良

僕は丼ものに目がない。

丼ものと言えば、一日の仕事を終え、家庭でリラックスして食べる夕食には向いていない。とにかく時間に余裕がない中、働きに出ても目を回さない程度に、たっぷり、だが多少栄養をつけて食っちまえというところから発明されたんじゃないかと思っている。

食べものを旨いと感じる基本は、食べものを口いっぱいに頰ばり、四回か五回ほど嚙んでから咽喉に押し込んでしまうのが一番だ。

よく嚙んでと胃腸専門の医者に言われたからと言って三十回も五十回も嚙んでしまっては唾液のシチューが出来て、とても食えたものじゃない。かと言って雀が啄むほどに、少しずつ口に入れてはまず口の中に入れた触感が定かでないし、唾液の分泌に難があるから旨味は出て来ないし、舌の五味、つまり甘、酸、鹹、苦、辛を感じる位置がそれぞれに散らばっていて、少しばかりの食べものの塊では、舌が五味を感じ分けようとしたところで、識別するのに悩んでしまう。悩んでいる内に小さな食べものの塊は咽喉に落とされるから、何を食べたか味の分からないままで終わることになる。下品だと蔑まれようが、一切を構わず頬ばって、口に突っ込んだ食べものは触感、唾液、五味を見事に感じとるから旨いということになる。

昭和十九年の五月、僕はセレベス島寄り、赤道直下にある小島に上陸。七十名ばかりの小さな隊の隊長を仰せつかった。

まだアメリカ軍は遠くにいて進攻を見せないときだったから、海岸の密林の線に掘っ立小屋を建て、各兵一丁ずつの三八式歩兵銃だけを頼りに警備に当たり、食糧の備蓄が少ないのも手伝って心細く、その日を送っていた。

南半球だから暑い。点呼を取り作業、歩哨の割振りはつけてしまったので、上半身裸になり胡坐をかいて隊長室にいたら、

「隊長どの」と当番兵（伝令兵、隊長の身の回りを世話してくれる）の丸田上等兵が、

「まだ、隊長どののために取ってある醬油や砂糖はあるし、白米も少しは残してありますから、昼食に何か旨いもの作りましょうか」と言う。

丸田上等兵は軍隊に入る前、小料理屋の板前をやっていたらしい。

「有難いが、俺だけ旨いものを食うわけにはいかないし、先々のことも考えないといけないな」と言ったら、

「そうですね。でもいつアメ公の野郎が来て飯も命も無くしちまうかも知れないじゃないすか。この辺で、どかんと一発、旨いものを食べさせて上げたいと思ってんですが。いつ隊長どのが、これが最後ということになってもいいように、食い溜めしてもらおうと思って」と言う。

「じゃ、そうしてもらうか」とは、とても隊長の口からは言えない。「うーん」と唸ったら、

「今日は第一分隊と第三分隊が食糧採集に行きますよね。蜥蜴とか蛙を獲って来る予定です。それと第二分隊が椰子油作り、第四分隊が椰子澱粉作りです。隊長どの、天どん好きですか」と聞く。

「俺、中学生のとき、そば屋で天どん食ったことがある。それ以後、食ってないけど、あらあ、旨かったな」

「よーし、天どん作りましょ。昔取った杵柄（きねづか）だ。うまい天ぷらを揚げて見せますよ。海老だの、沙魚（はぜ）だの、めごちなんて洒落たものは有りっこないですが、とかげと蛙の

身を薄く切って」

「おい、そんなものが天ぷらになるのか。衣や油はどうするんだ」と言ったら、

「代は見てのお戻りに、です」と敬礼をして背中を向けた。

時計はセレベス海でアメリカ潜水艦の魚型水雷の攻撃を受け、乗っていた輸送船が敢え無く沈没、海に飛びこみ十二時間も泳いだから海水が滲みて動かなくなっている。

各分隊を見回って隊長室に戻って来て、棒を立てた日時計を見たら、どうやら正午近い。

「隊長どの」と呼び止められた。

「丸田か、何だ」と振り向いたら、

「出来ましたよ。天どん、天どん」と甲板の梱包材料を盆代わりにした上に、兵用のアルミニウム飯食器を乗せ、両手で捧げるように持っている。

「食べて下さい。我ながらうまく出来たと思うんですがね」と言って隊長室の竹を裂いて広げた床に盆を置いた。

食器には一目で見た限り、色は変に白っぽいが天ぷららしいものが四個、飯の上にこんもりと乗っている。かつて中学生の頃、学校近くのそば屋で食べた天どんに似ていなくもなかった。「早く」とせがまれたから、椰子の木で作った箸で挟み、恐る恐

る口に運ぼうとしたら、「油は椰子油だし、衣は椰子の澱粉だし、身は蛙ですからね、本ものの海老天というわけにはいきません。でも垂れの味はちょっとしたもんですよ」と丸田上等兵は言った。

彼の好意に報いようと挟んだ奴をそっと一口嚙んだら、「隊長どの、天どん、いや丼ものなんてのは昔から町人の食いもんですからね。お上品ぶらねえで、がつがつ頰ばって食って下さい。じゃないと丼ものの味が出ないです」と彼は腕組みをして僕に言う。

思い切って怪しげな天ぷらを、ひと囓(かじ)りし、飯を大きな団子にして口に放り込んだ。椰子油の臭いのひどさには辟易したが、もごもごと嚙んだ中からいい味が現れた。「うまい」と呟いたら、丸田上等兵が手を叩いた。

僕の丼ものに対する憧れというか懐かしみというか、そういったものと理論めいた食べ方は、こんなところに始まっていたのかもしれない。

戦後この方、天どんを含めてこれぞ丼ものと言える丼ものを食べたことがない。いつかは凄い本ものに遭遇するだろうと夢にしている。もっとも僕が、食らいつきに行く努力が足りないとは思っているが。

ともあれ、僕は丼ものに憧れている。

天丼

久住昌之

天丼というと、もはや俺は神保町の「いもや」の天丼しか、思い浮かばなくなってしまった。

たぶん、この二十五年は「いもや」以外で天丼を食べた記憶がない。

店内はカウンターのみ。

メニューは三つ、「天丼」と「エビ天丼」と「お新香」。ほか一切無し。

ビールなど飲み物も無し。

この潔さがうれしい。こちらの心の煩悩までが、削ぎ落とされるかのようだ。

店の中にも余計なモノがひとつもない。のれんと白木のカウンターがいつもすごくきれいで、全部が丸見えの厨房は、いつ何時も清潔きわまりない。十八歳の時、初めてここで食べてから、この雰囲気は一切変わっていない。

この雰囲気が、ここで天丼を食べる気持ちを厳かなものにしてくれる。かといってかしこまりはしない。実にリラックスできる。

天丼というと、エビの天ぷらが二〜三匹、丼から大きくはみ出しているのを良しとする人がいる。エビが立派なのが、良い天丼と考えるオヤジがいる。それもわかる。その人のために、この店にもそういう「エビ天丼」がある。

でも俺は、そんなに魅力を感じない。エビがそんなに偉いか。ありがたいか。考え、古くないか。

俺はエビの他にキスとかイカとか海苔の天ぷらののったヤツのほうが好きだ。

要するに、いろいろな天ぷらが食いたいのだ。俺の方が意地汚いだけの気がしてきた。

いや、俺の好きなほうを、この店では「天丼」と呼んでいる。勝った。

そういう問題じゃない。

とにかく少し遅い昼だ。

空は晴れている（雨の日に天丼は合わない）。

もう心は天丼と決めている。

腹も天丼を待ちかまえてぺこぺこです。

口の中も天丼臨戦態勢になっている。

これで店が休みだったら、俺は地獄へ突き落とされるだろう。

遠くに白地に黒のシンプルな看板が見えた。嬉しくなってくる。足早になる。

見えた。真っ白なのれんが揺れている。よし！

引き戸はいつも開け放ってある。俺を待っていたかのようだ。席も空いている。

座って「天丼」とひと言発す。

店員が「天丼で」と返す。この「で」が付いただけのオウム返しの不思議な嬉しさ。

「あと、お新香も」「はい」。無駄口ゼロ。

ちなみに天丼五五〇円、お新香一〇〇円。この値段もシンプルで光り輝いているようだ。

お茶とお新香が同時に出てくる。この緑茶がおいしい。厚手のオーソドックスな、昔の職員室にあったような湯呑みで供されるのも何か、心温まる。

お新香は白菜漬けで、量もしっかりあり、出されるとき店員によって醤油がちょびっとかけられて出てくる。これが、適量。

カウンターに醤油差しやら七味唐辛子がないのも、清潔感に一役を買っている。

店主の、筋の一本通ったところをかいま見るようだ。

天ぷらが目の前で揚げられる。それがほぼ同時に入った客の分と自分の分であるのがわかる。

その客もじっと天ぷらを見ている。彼と俺、今、心はひとつ。腹減った。

そのうち味噌（みそ）汁が出てくる。前兆だ。いよいよ、来る。期待が高まる。

味噌汁をひと口すする。シジミ汁だ。俺のもっとも好きな味噌汁のひとつ。肝臓が歓声を上げるのが聞こえたような気がする。

ご飯がおひつから丼に盛られた。このおひつのご飯がウマイのだよ。むふふ。遠くから見てもウマそうだ。ツバが出る。

お新香を一切れ食べて心を落ち着かせる。お茶ひと口。

さあ、天ぷらがのった。タレがかけ回された。

ここのタレは量が少なめな分、ちょっと辛目で、なんとなく江戸っぽいか？　ああ、早く早く。

「おまちどうさま」

はいはい、来ました。さあ、いただこう。

何から行くか。俺は大抵、イカ。これをひと口。ウン、前歯で十分切れる柔らかさ。ぽってりと厚い。

で、飯。うん。ふくよか。ああ、ウマイ。これだぁ。

次、キス。これがまたうめえんだ。軽くてサッパリして。辛いタレとコロモがバッチリ。

飯。エビ。うん、こりゃプリプリしていいエビだ。ウマイ。でも別に特別視しないよ。

俺は平等に食べ進む。海苔。これがなんともウレシイ。お、海苔にタレが余計かかってる感じだ。職人さん、考えた？　わざと？　この部分は後半で、飯と天ぷらの帳尻(ちょうじり)を合わせるときに利用しよう。

お新香で口直し。味噌汁。ここで初めて一息つく。

無意識に前のめりになっていた背筋を伸ばす。しあわせ。

もう一度天丼に立ち向かう。ボリュームがしっかりある。飯もしっかりある。

サッパリした天丼だが、それでも天ぷらである以上、ある程度脂(あぶら)っこいから、食べ進むウチお新香がどんどん重要になる。そしてお新香がどんどんおいしくなる。たっぷりあることに感謝。

食べ終わる頃はお腹がいっぱいで、体が発熱している。

冬でもセーターの中に汗をかくほどだ。みんな黙々と食べて、幸福そうな顔をして出ていく。

無口な店員が最後に言う「ありがとうございます」がしみる。心を込めて「ごちそうさま」と答えて席を立つ。

幸福な俺は「さぼうる」にコーヒーを飲みにゆく。食い意地、鎮静せり。法悦。

「天丼」か、「かき揚げ丼」か。それが問題だ

勝谷誠彦

暑い。東京で最高気温を更新するとかしないとかいうありがたい日に、私は外気よりも暑い店内にいるのである。かき揚げ丼と天丼の取材だって？ そんなもん冬やれよ、冬。

「どうしてもお昼時は、一気にいくつも揚げますからクーラーも効かなくて」

赤坂に三十七年続く『天茂』の高畑粧由里さんの顔も、油から上がる熱で赤い。しかしその暑さの中、もう午後二時だというのにサラリーマンたちが黙々と丼を抱いている。そして、そのほとんどがかき揚げ丼なのだ。

私の前にも運ばれてきた。蓋は、ない。

「昔はしていたのですが、忙しくて間に合わなくなったので」

したがって、かき揚げはタレを吸っているものの蒸されてはいない。箸をつけると、

ザクリとコロリの中間の微妙な粘り方をして、ふと、濡れ煎餅を連想させる。ひとかけら、千切るように箸で摑み、下のご飯もろとも口へ。

醬油の香りがつん、と鼻に抜けて香ばしさが立ち上がる。熱い。衣の熱さとご飯のそれは別もので、しかしハフハフというたびに香ばしさが抜けるのはなかなかいいものである。

「揚げたてを熱いタレにつけるのが基本です。すると、しみすぎない。タレは三十七年間使ってきた〝モト〟に、新しい〝弟〟を足して使い続けています」

タレそのものに動物性の旨味が感じられたのはそういうことなのだ。いわば三十七年分のネタのエキスが、衣にしがみついているわけ。

プチリ。歯が嚙み割ったのは海老である。若干の小柱を除くと、このかき揚げには海老しか使っていない。そもそも『天茂』の天丼は粧由里さんの父上が、開いた海老を三本のせて一八〇円で売り出したのが評判の始まり。だから、かき揚げ丼も今でもあくまでも〝海老かき揚げ天丼〟だ。

かき揚げ丼を食する行為というのは、途中から加速する。程よくかき揚げが崩れ、ご飯と混ざると、あとは飯やら天ぷらやら。渾然一体となったものをハグハグとかき込むのである。

この頃には温度も下がっていてまことに具合がよろしい。

ランチタイムの終了を受けて、カウンターでは粧由里さんの母上が海老の殻をむきはじめた。

「今ではどうしても冷凍を使うようになりましたが、産地を吟味しています。それでも毎回海老の〝体質〟のようなものが違う。それを見て臨機応変に揚げ方を変えるんです」

多いときには一日十kgをこうして母娘でむく。三十七年にわたる地道な下ごしらえのエッセンスが詰まったタレで、新鮮な海老をいただく幸せ。かき揚げ丼は一日にしてならず、なのだ。

ペロリと『天茂』の天丼を食べたばかりなのに、気がつくと私はまた空の丼の底を見てた。続いてすぐに行った『天ぷら　魚新』でである。こちらでいただいたのは、穴子天丼。

いや、正直に言うと、それに至るまでにホクホクの新れんこんやアスパラ、ねっとりと甘い海老がのった特製天丼やら、かき揚げを塩だけでご飯と食するまことに上品な天ばら丼などをすでに食べているのだが、それでも箸は止まらない。

なんという贅沢であろう。穴子が二本。からりと揚がったそれらがザクリと二つに切られる音で、私はすでに総毛立つ。

「丼つけ一丁！」「はいよっ！」

天丼はスピードが命とばかり、そこで初めて盛られたご飯の上に、やはり温めてあるタレにくぐらせた穴子がのせられていく。

自分でも意識して食べてみて初めて気づいた。かき揚げ丼の場合は、箸で天ぷらを割ったあと自然にご飯もろとも摑む。ところが、天丼は何故かまず一口、具だけを食べてみるのである。それからご飯をパクリ。

歯が穴子の肉に食い込む。濃厚だが決してくどくない。魚の脂の質がいいのだ。

「やはり江戸前でないとね。とくに金沢八景から羽田沖あたりで獲れた小型のものがいいんですよ」

店長の宮崎神二さん。穴子そのものの味があまりに立っているので、ご飯と交互に食べる方式はなかなか止まらない。なるほど、かき揚げ丼がいかにも混ぜ系統の丼なのに対して、天丼はあくまでも「ご飯とおかず」という哲学が底にある。それぞれ「ビビン丼系」と「のっけ丼系」に属すると言えばいいか。

「天丼はご飯が大事。季節によって水加減を変えて、やや硬めに炊き上げます」

そのご飯があってこそ、東京湾の味をぎゅーっと濃縮させたような穴子の滋味が生きてくるのである。

『天茂』のかき揚げ丼に『天ぷら 魚新』の天丼。丼に盛り込まれているのはいずれも極めて地道だが確かな技の成果なのだと、半日で丼四杯を飲み込んだ腹を撫でつつ、私は悟ったのであった。

カツ丼

わが幻のカツ丼

五木寛之

なにか興味のあるものに出会うと、当分の間それに熱中するくせがある。

私が東京へやってきたのは、一九五二年の春であるが、その年の春から秋にかけて、カツ丼に熱中した時期があった。

上京して間もなく、私は日暮里（にっぽり）の紙を扱う工場に勤めることとなった。正式に採用されたわけではない。アルバイトとして、夜間の勤務に回されたのである。

紙を扱う工場、という言い方は至極（しごく）あいまいだが、ああいう業種を何と呼べばいいのか。

製本所でもなければ、製紙会社でもない。要するにアート紙やグラビア用紙などを規格に合わせて切ったり、包んだりする仕事である。大きなプレス式の裁断機があって、重ねた用紙を一気にカットする。それを数えて、それぞれの単位に荷作りする。

そんな仕事だった。

私はその仕事をやっている間中、掌や指に、切り傷が絶えなかった。断ち切ったばかりの紙の端というやつは、まるで刃物みたいによく切れる。しゅっとこすった瞬間、指先や掌の間が白く割れる。血の出るいとまもないくらいに鮮かに切れる。紙をあおって枚数をかぞえたりする際に、よくやった。本職はさすがにそんな失敗はしない。もっぱらアルバイトの学生が、怪我をするだけだった。中には裁断機で指を落しそうになった学生もいた。

大学では学労農の共同戦線などが叫ばれていて、労働者や農民は学生の最も頼もしい同志であると言われていたが、実際には下町の未組織労働者たちにとって、アルバイト学生は恰好のいびりの対象だったような気がする。

「ほら、これをこうして、こう数えるんだ。やってみな」

などと教えられて、その通りにやると、スパッと指先が切れたりする。

「下手くそだなあ」

大声で笑われてカッとなるほどのエネルギーもない毎日だった。

そんなある晩、工場の若い経営者が、深夜、カツ丼を差入れてくれた。彼は比較的やさしい人物で、私たちはブルジョア階級にいたわられ、プロレタリアートにいびられるという現実の矛盾を、論理的に解決できず、すこぶる戸惑ったものである。

そのカツ丼だが、これが今考えてみても、きわめて質のいいカツ丼だったような気がする。肉の身が厚く、適当に脂がのって、しかも衣がすっかり湿ってしまわず、部分的にこうばしい歯ごたえがあって、飯もうまかった。

九州の田舎から上京したばかりの私には、カツ丼はまったくはじめての食物だったのだが、一口食べて、世の中にこんなにうまいものがあるのかと失神しそうになった。

その話を仲間にする時に、私はいつも困ってしまうのだが、なぜ私にとってカツ丼が未知の食物だったかが、よくわからない。当時の九州の田舎の町では、食堂にはいってもカツ丼などというメニューはなかったと憶えている。うどんやチャンポンなら食べたことがあるが、とにもかくにもカツ丼は上京してはじめて出会った対象だったのだ。

〈こんなうまいものがあるのか！〉

と、感激したのは、あるいはその時の食糧事情や、私の懐に関係があったのかもしれない。だが、何度思い返してみても、やはりあの晩のカツ丼は上等だったという記憶はゆるがない。

その日から、私の頭の中はカツ丼で占領されてしまった。三度の食事を二度にして、二度の食事を一度にして、時には大切な蔵書を古本屋に売ったり、製薬会社で血を売ったりしながら、その春から秋にかけての半年間、私はカツ丼に熱中していた。

一九五二年といえば、血のメーデー事件や、早大事件、その他もろもろの政治的騒乱の時代である。その半年のことを、私は一生忘れないだろうと思う。それにもかかわらず、その春から秋へは、政治の季節であると同時に、極私的に申せば私にとってカツ丼の季節でもあったのだ。

タカクラ・テル氏の〈箱根用水〉の紙芝居を持って、広島県の比婆郡などという山の奥へ出かけたりした夏だったが、その間も私の頭の中には農学連帯のテーゼと共に、いや、それよりもはるかに大きく、あの金茶色のカツ丼のイメージが居すわって動かなかったのだ。

一九五二年は、私の二十歳の時期であるが、その頃を思い返す度にシュプレヒコールの声や、ロシア民謡のメロディーと共に、あの日暮里の工場の土間で出会ったカツ丼の匂いが水中花の開くが如くによみがえってくるのである。

しかし、私が最初に出会ったカツ丼は、その後、遂に一つの幻に終った。当時の私の守備範囲でめぐりあえるカツ丼には、材料としての限界があり、ましてや外食券食堂でそれを味わい得る可能性は皆目なかったと言っていい。

カツ丼の階級性に思いをいたしながら、私はやがて秋を迎え、そのうち次第に見果てぬ夢を追う熱意を失って行ったのである。

現在の私は、もし望むなら、いかなる高価なカツ丼でも即座に摂取しうる立場にある。その気になれば、豚一頭まるごとトンカツにしてタライ大のカツ丼だって注文することができる人間である。(イバルナ!)

だが、この数年間、私はカツ丼というものを食べたことがない。どうせ昔のあの晩の感激と再会することはあり得ないと、決めこんでしまっているからだ。

青春は再び帰らず。最近は、とみに物事に熱中することが少なくなった。麻雀も月一回のペースに落ちた。そのくせやると奇妙に勝つことが多い。

考えてみると、五〇年代は、やたらと何かに熱中し、やたらと敗れてばかりいた。青春とは負ける季節だとも言えるだろう。学問に負け、運動に負け、生活に負け、カツ丼に負け、仕事に負け、酒に負け、喧嘩に負け、就職に負け、競馬に負け、要するに負けてばかりいた。

ならば、今はどうか。

おのずから苦笑がこみあげてくる。勝った負けたでは、判定のつかないところへ来てしまった、という気がしきりとする。三十代の一時期、勝った、と思う一瞬がないでもなかった。だが、今はちがう。麻雀には勝っても、一向に勝った実感がない。競馬場へ行っても馬券を買う気が起こらない。酒場へ行っても番茶ばかり飲んでいる。髪は三月(みつき)も洗わないままだ。七〇年代は私にとって、どのような季節になるのだろうか。

助監督時代に覚えた、〝カツ丼〟その究極の味わい

山本晋也

同じ職に長い間ついておると、妙なクセがつくものです。ボクの場合、今でこそ監督業をやっておるわけですが、その昔には〝花の助監督時代〟があったわけです。で、不思議なもので、食生活と申しますか、自分の食文化に助監督業の頃の後遺症みたいなものが残っているわけ。

まず困るのが、ヒト様とお食事をするとき。なんたって、早喰いなのでありますねえ。これはいったいどーゆーことか、ツラツラ考えてみた。

ちなみに、我が家の娘などは、本当に食事がゆっくりで、マナーも美しい。サマになる食べ方を見せてくれる。我がカミさんも、ゆっくりのお方である。でも、ボクはとにかく早いのだ。早く食べないと、美味感も満腹感もないってんだから困ったものだ。

これは、すべて助監督時代の食生活にある。なんたって、一番遅く食べ始めて、一番早く終わらなければいけないのが助監督業のつらいとこ。これから派生した変な食習慣がいまだに治らないのは悲しい。

とりわけ、〝冷めたカツ丼〟が好物ってのが変。

どーゆーことかと申しますと、ロケの最中に出前の食事を頼むときがある。不思議とカツ丼が多かったわけ。でも、出前が届いたときに、パッと食べることは少ない。映画作りの仕事というものは、メシのキッカケがなかなかむずかしいものなのである。スタッフや監督がノッている最中に、「あのう、食事にしたいンですが……」などといおうものなら、ただじゃすまない。

少なくとも、ボクがついた先輩のスタッフ達は、メシの時間も忘れるほどのめり込む、プロの職人達ばかりであった。

で、なんでカツ丼かと申しますと、この丼物は時間が少々すぎても、そのアイデンティティを失わぬ、すぐれモノ丼なのだ。これが天丼なんかだと、天ぷらのころもがぐちゃついちゃって、すごくマズイ。ましてやソバ類に至っては、申すこともない状況で、食えたもんじゃない。

その点、カツ丼殿は、冷めてもけっこうイケルのだ。質の悪い油で揚げられたカツも、時とともに丼になじみ、独特の妙な香りも失せ、ご飯にもタレがしみ蒸らしがきいて、できたてと異なる風味をかもし出すのである。

しかし、ここで肝心なのは、丼に蓋があることだ。これがあるから、出前から一時間や二時間たっても旨い。ご飯のド真ん中あたりには、まだほのかに温かさが残っていたりする。これをスピードでかっ込んだ時の快感が忘れられないのである。

「なんでカツ丼が多いンですかね？」

先輩の照明さんに、一度聞いたことがあった。

「丼物で、冷めても食えるのがカツ丼よ」

以上であった。なんか騒がしい、しかも忙しい撮影現場の知恵を感じたりします。

しかし、これは昔のこと。いまのロケ現場では、こうはいかない。

ボクは、〝冷めたカツ丼〟が久しぶりに食べたくなって、ロケ現場で注文した。ところが、出前が届いたとたん「カツ丼でーす。冷めないうちにいただきましょう」と助監督さんが叫ぶ。ノッてる最中であったが、全員が仕事をやめて食事になってしまった。

「カツ丼は、冷めちゃァ食えねえよなア」

こんな声が、若いスタッフの間から聞こえた。

ボクは、台本で悩んでるフリをして、一緒に食べなかった。ちらっと時間を見た。

「あと一時間待とう……」

で、小一時間ほどたってから、食べ終わったスタッフ達の丼の陰で、毅然とそびえ立っているカツ丼殿に挨拶した。毅然というのは、蓋の上に香の物の小さな鉢がのせてあるので、ひときわ威厳のあるように見えたからだ。

蓋を、そっと取った。押し殺していたようなカツ丼の息吹が、ツンと鼻先をかすめる。

「偉いヤツだ。待っててくれたか……」そんな言葉を投げかけてやりたくなるような充実した姿を、ふっくらと見せる。

炊きたてのご飯を蒸らした時の感性に似たムードで、カツと卵と煮汁が合体し、その連帯は見事である。隠れた味覚の調和。

箸を気にしながら立て、こんもりとひと口やった。旨かった。実に懐かしい味だった。一度お試しください、〝冷めたカツ丼〟を。ただし、蓋付きのカツ丼を。

幻のかつ丼

帯津良一

かつ丼を初めて食べたのはいつのことだったのかまったく記憶にない。私の高校時代というと昭和二六年（一九五一）四月から昭和二九年（一九五四）三月まで。戦中戦後、窮乏を極めた物資がやっと出回りはじめた、そんな時代であった。

時あたかも都立高校全盛時代。一頭地を抜く日比谷高校を追って、戸山、小石川、新宿、西といった高校が鎬を削っていた。他県からの越境入学者も珍らしくはなかった。御多分に洩れず私も小石川高校に入学。当時の小石川高校は、本来の駕籠町ではなく、戦災で焼け出されて、当時の同心町に間借りをしていた。

川越からは東武東上線で池袋へ。池袋東口から一七番の都電で同心町へ。およそ一時間二〇分の行程である。昼食は原則として自宅で作られたお弁当。私の場合は例のハイカラな小母さんの作なので、じつに洒落ていた。私の前の席の小野章一君が私の弁当を覗き込んで、お前の家は料理屋かと訊いてきたことがあった。

お弁当以外の昼食としては、家からは米飯だけを持参して、校内の喫茶部で売っているコロッケをおかずにしたり、学校のすぐ隣にあった一膳飯屋さんでカレーをかけてもらって店先で食べることがあった。

さらには道路を隔てて隣にある区役所の地下に食堂があり、ここではよくピラフを食べた。必ず何人かの学生が同席していた。こういうところにもわが高校の自由な雰囲気が窺える。

また電車通りの向かい側には「紅葉」というお蕎麦屋さんがあり、ここもいつも学生で賑わっていた。私たちと年齢がそれほど変わらない女の店員さんの黒目勝ちの丸顔をいまでもはっきりと憶えている。ここにかつ丼はあったはずだが、何を食べていたのかまったく記憶にない。

かつ丼の一番の想い出は医学部四年の夏の佐渡ヶ島合宿である。空手部のしかも医学部に在籍する者だけの合宿である。医学部の空手の組織があったわけではない。全員が全学の空手部員であって、医学部としての対抗試合に出場するときになると〝鉄門空手部〟として団結するのである。

鉄門とは何か。昔、医学部のどこかに鉄の門があったらしいが、その来歴についてはよく知らない。ただ、医学部の同窓会を〝鉄門倶楽部〟と称し、医学部の学生新聞を〝鉄門だより〟と呼んでいるように、〝鉄門〟は東大医学部のシンボルなのだ。

そして鉄門空手部として一致団結する機会は年に一回開催される〝東日本医科大学運動大会〟である。どのくらいの種目がおこなわれたかはよく憶えていないが、野球とスキー、柔道と空手があったことはたしかである。

当然、参加校もいろいろだと思うが、空手は四校だった。東京医大、日本医大、慶應義塾、そして東大である。東京医大は東大と同じ和道流、部員は三〇名を超えていたのではないだろうか。それも黒帯が一〇名ほどという威容を誇っていた。学年による上下関係もきびしく、その点いささかルーズな私たちからはまぎれもないプロ集団に見えたものである。

日本医大は流派は忘れてしまったが、一二〜一三人全員が白帯。物静かな品のよいグループだった。慶應義塾は松濤館流。黒帯の高段者がたった一人で参加していた。

東大は黒帯が一人に白帯が三人。試合は五人制だから一人足りない。これは柔道部から一人借りてきて間に合わせた。黒帯は前の「鰻」の章で紹介した登政和君。これがダントツに強かったので、第一回目の大会のときは東大が優勝してしまった。

そのようなわけで、ふだんは規律ある団体として行動することはなかったが、少人数であることも幸いしたのか、皆きわめて仲良しだった。誰が言い出すのか、夏休みになると合宿と称して、一週間ほどの旅に出たものである。

十和田湖に一回、能登に一回、佐渡に二回。佐渡の二回目は私が卒業してインターン生のときだったから、学生としては計三回の合宿だったか。その佐渡の第一回のときに記憶に残るかつ丼にありついたのである。

それは新潟で列車を降りて汽船に乗るまでの間の二時間ほどを新潟の街での昼食の時間にあて、たまたま入った店のかつ丼の話なのである。そのかつ丼は東京のそれのように卵とじは入っていない。ただ甘辛く煮たフィレの一口カツが三枚、白飯の上に乗っているだけ。白飯に煮汁の染（し）み具合もくどくなく、ちょうどよい。これがじつに旨く、それからというもの四〇年近くにわたってのあこがれの的となる。

もう一度、あのかつ丼を食べたいと何度思ったものか。他の店でもよいからと、卵とじのないかつ丼を説明するが、なかなかそのような情報に行きあたらない。一方、新潟市を訪れる機会もやってこない。訪れたとしてもその店の屋号も住所もわからないのだから探しようがない。

ところがひょんなところから新潟市を訪れる機会にめぐまれ、なんとその店がわかったのである。二〇〇一年のことである。ずっと以前から隔年（かくねん）に中国は内モンゴル自治区ホロンバイル大草原を訪れて、虚空（こくう）に対面することを楽しみにしていた。いつも草原で待っていてくれるのはホロンバイル盟の部長を務める孟松林（もうしょうりん）さん。かつて外科医だった頃、私の病院に留学して来たことがある。私の病院では消化器外科やホリスティック医学の勉強にはなるが、循環器外科も習いたいということで、私の親友の細田泰之教授（当時、順天堂大学）のもとにしばらく預かってもらったことがある。そういうことでこのときは細田さんも初めて参加したのである。

このときは復路はハルピン―新潟の空路をとった。新潟での新幹線乗り換えの時間に昼食をとることにした。いつどのようにしてその店が特定できたのか忘れてしまったが、そのあこがれの店を訪れたのである。胸の高鳴りを覚えつつ店に入った。いつもの伝（でん）でまずは生ビール。細田さんは玉露ハイなんていうものを注文した。二～三口飲んでから、

「……オイ、ちょっとこれを飲んでみて」

とコップを差し出す。なんで？　と一口。

「な！　焼酎が入ってないだろう。玉露だけなんだよ……」

なるほどそうだ、ちがいない。それでも店の人にクレームをつけることもなく、黙ってただ玉露を飲んでいる。この人にはこういう浮世離（うきよばな）れしたところがあるのだ。

問題のかつ丼に往年の感激はなかった。なにしろあまりにも長い年月が間に横たわっている。作り手も変われば、こちらも変わっているのだ。これも仕方がないだろうと、念願が叶ったことだけを感謝して店を出た。

そしてなんといっても日暮里駅谷中口近くのお蕎麦屋さん「川むら」のかつ丼である。この近くに丹田呼吸法の調和道協会の本部がある。この協会の会長を永らく務めていた関係でここに出入りするようになった。最初に連れていってくれたのは当時事務局長をしていた天野さんである。東大工学部出身である。いい酒呑みだった。

その天野さんが逝き、会長をやめたあとも、「川むら」さんはしばしば訪れている。まずは生ビールを一杯。蕎麦焼酎のロックか蕎麦湯割りを二〜三杯。おつまみは生きのよい刺身に空豆か枝豆、そして卵焼きといったところが定番で、これに葱鮪鍋、白子ぽん酢、鱧の蒲鉾などがときに加わる。

そして最後にとろろ蕎麦で締めて四〇〜五〇分。至福の時間である。

そのとろろ蕎麦がいつの頃かかつ丼に変わったのである。かつ丼になってしばらくの間は、すっかり仲良しになった、ここの小意気なお姐さんに、

「先生はどうして蕎麦屋に来て蕎麦を食べないの！」

とよく叱られたものである。

しかしとろろ蕎麦とかつ丼との差は、じつは心のときめきの違いなのである。かつ丼の湯気(ゆげ)、匂い、色、卵とじの端がどんぶりの外にはみ出ているところ、すべてがいっしょになって心のときめきをもたらすのである。

がん治療の現場での長い経験のなかで、心のときめきこそ免疫力や自然治癒力を高める最大の要因であることを確信するに至ったのである。また、ときめきを生み出すのはベルクソンの言う「生命の躍動（エラン・ヴィタール）」。この生命の躍動があって初めて健康といえるのである。だから私にとって生きるうえでときめきほど大事なものはないのである。

かつ丼は豚肉と油脂であるから従来の食養生の立場からいえば悪食(あくじき)の部に入る。しかしそのときめきが自然治癒力を高めることを考えれば、食材の不利を補ってあまりあるものがあるのだ。

ひと頃、ヨーロッパに足繁(あししげ)く通ったことがあった。スピリチュアル・ヒーリングの勉強にロンドンへ、ホメオパシーはグラスゴウなどに。成田に帰ってくるとまずはかつ丼が食べたくなるのである。成田空港から日暮里に直行である。そして、この店のかつ丼についてあちらこちらで話したり書いたりするものだから、いきなり「帯津先生のかつ丼をください」という人も現われるという。

会津若松のソースカツ丼

飯窪敏彦

肉好きの間で、囁かれている話題がある。近頃、肉好きは若者男子だけではない。肉食女子会、肉食おじい隊もあって、だいぶ層が厚くなっているのだが、その人たちの間で、「会津若松のソースカツ丼はすごい！」と密かに言い交わされているのだ。密かになのは、有名になって人が押し寄せ、店に入れない、値が上がる、などとなるといやだなという懸念からである。

その会津若松のソースカツ丼をご紹介しよう。ホカホカご飯にキャベツの千切りが敷かれる。各店工夫をこらした秘伝のソースが用意されていて、揚げたてのカツをソースにくぐらす。これが店によって上からかけたり、煮込んだりと異なるが、ソースとからめて丼の上にのせて出来上がり。割り下で、玉葱とともに煮て玉子でとじる一般的な姿と違った庶民の味であり、ごちそうである。

「名物カツ丼の店 白孔雀食堂」は初代が福井のある店で初めて食べ、自分でもやってみたい、お腹いっぱい食べてもらいたいと始めて七十年になる。ソースカツ丼ブームの火付け役だ。私は二十五年前に訪ねたことがあるが、丼の上の巨大物体に度肝を抜かれた記憶がある。現在、味も大きさも三代目が引き継いでいる。百八十センチ、百十三キロの巨体で、本ロース肉の脂身を取り（後にラードとして使用）、すじを切り、食べやすい厚さに切る。キャベツはかなり細い千切り、繊細な下ごしらえをしている。会津米のご飯、カツ、キャベツと一緒に食べて下さい。タレも開店以来つぎ足して、一枚一枚カツをくぐらせるから、お客とともにソースを作っているようなもの。震災のときは、ソースの鍋をかかえ逃げて、その格好がおかしかったと近所の人に笑われたそうだ。

鶴ヶ城三の丸口にある「最上屋」は大正六年の創業。ソースカツ丼は五十年前にメニューに加わった。見て、舌で憶えての秘伝のブラックソースを揚げたてのカツにかける。カツのサクサク感を残したいから、かけるのだそうだ。キャベツがたくさんでご飯がすぐ現れないほど。肉の量が多いので、バランスよく食べて、お客さんに健康であってほしいのです、と四代目女主人。姉とともに揃いの黒いエプロンで切り盛りしている。

「なかじま」は昭和二十三年に洋食屋として創業。初代が洋風のソースで煮込んで、玉子でとじたものがこの店の元祖たるところのユニークな丼である。「煮込むことによって衣のサクサク感はなくなるが、しっとりとまろやかになる。ソースもカドが取れて優しい味になり、玉子でとじるとさらに温和になる」と二代目。十年前にカツ丼専門店になり、現在、伝統会津ソースカツ丼の会会長。福島県産ブランド豚・健育美味豚を使用、食材はすべて会津産。煮込まないキャベツソースカツ丼もある。

これらの個性的な先人たちがいて、追いつけ追い越せと研鑽を積んで、会津若松は一大ソースカツ丼タウンとなっているのだ。

味の探求は良いこと。「寿・治左ヱ門（ことぶきじざえもん）」はソースに味噌が加わっている。しかも自家製である。亡くなった主人が十年かけて研究。今は奥さんの弟が引き継いでいる。この味噌が入って、コクがあり、深みのあるソースになっている。柔らかい肉も特筆に値する。グリーンピース（季節で異なる）が目に優しい。寿司屋から居酒屋、そして現在の蕎麦屋になり、ソースかつ丼が人気メニューなのだ。

各店、米、野菜、肉に地元産を使うよう徹底しているのには感心する。だが、少々心配事がある。年々一人前の肉の量が増えていく傾向がある。四百グラムから五百グラム以上のカツが、のせられるようになっているのだ。

「むらい」は肉好き一番の注目店。一人前五百五十グラムから六百グラムのカツなのだ。揚げ時間は十分。注文して十五分ほどで卓上に。ご飯、キャベツ、丼の重さも入れて一・五キロのごちそうの盆が運ばれてくる。初めての客は誰でも、先ず「ワーオッ」と叫んで、顔を近づけて三度見る。それから写真を撮って食べ始めるのだ。完食率が七〜八割というから驚く。「お客さんの喜ぶ顔を見ているうちにどんどん大きくなった」そうだ。十一時開店で、すぐ満席になる。午後一時半ラストオーダー。「年だから疲れちゃう。利益は少ないが、お客さんの笑顔で商いをしているのです」と七十代半ばの店主。

会津若松駅から約八キロ、車で十五分の郊外にある「十文字屋」も賑わっている。店の裏側に磐梯山が見える。錦手(にしきで)の丼に盛られた四枚のカツの連なる様が磐梯山のようであることから名付けられた磐梯カツ丼が評判だ。約四百五十グラムのカツがのっている。ラーメン屋で創業したが、カツ丼の人気がすさまじく、肉が食べたくなったら来るという遠来の客の往来がはげしい。食べ方をおそわると、一緒に運ばれてくる別皿にカツ三枚をのせて待たせ、一枚ずつ食べるのが良いようだ。

他の店でもビッグなカツの店では、空き皿がついてくる。丼に蓋のある所なら、それがカツの一時待機場所である。ご飯とキャベツが見えて一緒に食べられるのである。

持ち帰り用容器もあるが、どこでも客の八割近くが完食するという。大丈夫かなあ。

隣の客は、よくカツ食う客だ。

これを早口で三回続けて言えたら、あなたは会津若松ソースカツ丼ファンクラブに入れます。

月いちのドミカツ丼

松本よしえ

　岡山のドミカツ丼の存在はかなり前から耳にしていました。ドミグラスソースのかかったカツ丼だからドミカツ丼。アタシを含む東京の食いしんボ仲間は、きっとハヤシライスの親戚だろうとか、洋食屋で食べられるんじゃないか、な〜んてウワサしていたものです。なかには岡山へ出張したときにわざわざ食べてきたというヤツもいて、

「岡山ではさ、カツ丼っていうとドミカツ丼のことなんだよ」

　と、しきりに自慢するのを、アタシはヨダレを流しながら聞くばかり。そうしているうちにドミカツ丼は、まるで遠く離れて暮らす恋人のように思えてしまい、

「ああ、アタシのドミカツ丼！」

と、いつのまにか2人（⁉）は、遠距離恋愛の深〜いカンケイになっていたのです。

　さて、そんな風に耐え忍んだアタシにもチャンス到来。広島へ取材に出かけた折、

思い切って岡山に寄るコトにしました。行きたい店は何軒かあり、考えあぐねた末に岡山駅前の交番を訪ねたら、出てきた婦警サンはなんとドミカツ通！

「ときどきアタシも、ムラムラッと食べたくなっちゃうんですよッ。ヨダレがじゅるるるっ……なんてネッ」

と、婦警サンはとても気さくで明るいオネーサンでした。つい調子に乗って話し込んだら、岡山のカツ丼＝ドミカツ丼というのはヨソ者が広げたウソらしい、基本のカツ丼は東京のと一緒。煮カツをタマゴでとじたヤツだと、婦警サンは親切に教えてくれました。

ところでその基本の方のカツ丼。ジツは大正時代生まれなのを御存じでしょうか。東京の早稲田大学近くの食堂に登場したのが始まりなんだそうです。最初はドンブリ飯に揚げカツをのせてソースをかけただけで、ハラペコの学生を満足させるシンプルなメニューだったようです。一方、岡山のドミカツ丼は洋食でお馴染みのドミグラスソースを使い、手の込んだゼイタクなカツ丼といえそうです。

けっきょくアタシはドミカツ通の婦警サンに勧められて、彼女が月イチで通う店へ。岡山では行列覚悟の人気店で、表町のにぎやかなショッピング街から少し外れた裏通りぞいにありました。外観はシブ〜イ板壁で和風民芸調の造り。真っ赤なノレンが目を引く軒には、古めかしいカンテラを改造した外灯を提げ、頭上には一枚板の看板が。ニョロニョロ文字で店名が「だて」と彫り込まれていました。戸口のすぐ横に張り出したガラスの陳列棚には中華そばも飾ってあり、元々は中華そば屋さんだったのかもしれません。

さて、アタシが着いたのは開店30分前です。はじめは誰もいなかった店の前も、電柱の影からボ～ッと眺めているうちに20人ほどの行列ができました。カップルや家族連れ、学生風が大半なのは休日のせいか、平日ならばサラリーマンの姿も多そうです。

やがて開店と同時に入店すると、店のなかは揚げカツとドミグラスソースのニオイがモア～ンッと充満していました。奥へ向かって左側が長いカウンターと厨房で、右側は4人掛けの座卓が並ぶ簡単な座敷です。壁にはインドの仏画なんかも飾られ、ちょいと無国籍なムードも漂っています。

さっそくメニューを物色すると、ドミカツ丼ではなく「かつ丼」の名前が。ほかの客にならってスープと一緒に注文すると、ほどなくしてず～っと会いたかった、アタシのドミカツ丼が登場。

ドンブリの中はビックリするくらい真っ茶色で、一緒に生タマゴ入りの小鉢も出てきます。食べ方に戸惑っていると、

「真ん中に穴をあけて、そのままかけて下さい」

と、若ダンナらしい男性が声をかけてくれました。言われるとおりにドミグラまみれのカツをかきわけ、生タマゴとソースを混ぜると、とってもまろやかでいい具合。ソースのくどさがうまく中和されて食べやすいんです。

ハラペコのアタシはスープごとペロリと平らげちまいましたが、イブクロにズッシリとたまる感じはズバ抜けてヘビー級！　さきほどの婦警サンが月に一度と念を押したのが納得できるような気がしました。ドミカツ丼はどちらかといえば、遠距離恋愛向きのカツ丼かもしれません……ばばっのばっ。

カツ丼のアタマ

重金敦之

吉本ばななさんの小説『キッチン』（福武文庫）がイタリアやアメリカで評判になり、「ニューヨーク・タイムズ」などにも取り上げられたそうだ。世の中でいちばん好きな場所は台所だという、主人公の桜井みかげは、「いつか死ぬ時がきたら、台所で息絶えたい」と考えている。台所ばなれといわれる昨今の若い女性たちに、みかげの爪の垢でも煎じて呑ませたいくらいだ。

このみかげが、旅行先でおいしいカツ丼に出合う。そこで、カツ丼をもうひとつ注文してパックに詰めてもらい、やはり旅先で離れたところにいる、男友達の田辺雄一のもとにタクシーで届けるクライマックス・シーンがある。

〈このカツ丼はほとんどめぐりあい、と言ってもいいような腕前だと思った。カツ

の肉の質といい、だしの味といい、玉子と玉ねぎの煮えぐあいといい、固めにたいたごはんの味といい、非のうちどころがない。〉

私など、どんなにうまいカツ丼にめぐり合ったとしても、一時間もタクシーに乗って人に食べさせようとは思わない。しかし、それが若さというものなのだ。

カツ丼はどう英語に訳されているのだろうと気になったので、調べてみると、"*Katsudon*"とイタリック体でローマ字つづりになっていた。そのうち、カツ丼も、すしや天ぷらと並んで、英語の辞書に載るかもしれない。

椎名誠氏の『哀愁の町に霧が降るのだ』（新潮文庫）の中にも、勤め先の近くにある飲み屋のカツ丼に感激する話が出てくる。近ごろ若い女性のあいだに、丼の人気が高いそうだが、意外にこんなところにも、その理由があるのではあるまいか。

さる知り合いのとんかつ屋のメニューにカツ丼がないので、理由を尋ねたことがある。そこの女性経営者は、「小さいときから、父にご飯はよごして食べるものではないと厳しくいわれてきたものですから」といっていた。そういえばお茶漬けを絶対に口にしない人もいる。きっと幼いころから、家でお茶漬けは禁じられていたのだろう。

それはともかく、カツ丼のようにご飯の上にのせないで、玉子でとじたカツをお皿によそって、ご飯と別々に食べる食べ方もある。築地市場の場内の食堂に、豊ちゃんという洋食屋さんがあるが、ここでは「アタマ」と呼んでいる。いまふうにいえば、トッピングということになるのかもしれない。ご飯の上にのせるところから、そう呼ばれるのだろう。ご飯も一緒に頼めば、「アタマライス」となる。「アタマ」でビールやお酒を飲んでいる人もいる。この食べ方だと、ご飯もよごれず、酒飲みにとっても都合がいい。

話は脇道に逸れるが、すし屋でアタマといえば、すし桶に盛った時の巻き物を指す。まず巻き物（鉄火巻き、カッパ巻きなどは六つ切り、かんぴょうは四つ切りが定法）を桶の天（アタマ）に置き、それから握りずしの色どりを考えて並べていくわけだ。豊ちゃんでは、カツライスやカツ丼はもちろん、カツカレーやオムカレー（カレーライスの上にオムレツがのっている）に人気があり、いつも店の前で客が席の空くのを待っている。「アタマ」は、店によって、「カツ煮」「別皿」「別カツ」「わかれ」などと呼び名がちがう。だいぶ以前に、雑誌「暮しの手帖」が紹介したのが最初、という説もあるが定かではない。

歌舞伎座の反対側、晴海通りのそば屋長寿庵に、とんかつそばというのがあった。カツ丼のご飯がかけそばに代わったものだが、そばつゆの辛さと重なって、かなり辛めの味つけとなる。値段はカツ丼と同じ。ということは丼のご飯とかけそばは同じ値段なのかとつまらないことを考えてしまう。

そば屋のカツ丼はどこでもそうだが、だいたい二分もあればでき上がる。欧米では考えもつかないスピードで、日本の典型的なファスト・フードだ。

カツ丼の起源については諸説あるが、大正の末に早稲田大学周辺で、カツ飯のご飯を丼によそい、カツを上にのせてソースをかけたのが始まりといわれる。故池田弥三郎の『私の食物誌』（岩波同時代ライブラリー）には、三田の慶応近くの洋食屋で、カツとキャベツを丼の上にのせたものを「のっかり」と呼んでいたと書かれている。最近は、このスタイルの「ソースカツ丼」が静かなブームだというから、まさに歴史は繰り返す、だ。

昭和初期創業の銀座七丁目、梅林のスペシャルカツ丼は、玉子でとじた上にもうひとつ玉子を割り落とす。並は九百円、スペシャルは千六百円。もちろん玉子一個の差ではない。ここは「珍豚美人（チントンシャン）」の標語で売り出したが、いまでは、チントンシャンが三味線の音色だということも通用しなくなってしまった。

創業者は製薬会社を興したりした人だが、なかなかの趣味人で、長唄は名取。とんかつも食道楽が高じたもので、パン粉もソースも自分で作り上げたそうだ。

なぜ、取調室といえば「かつ丼」なのか？

神田桂一

本当に出てくるの？　かつ丼伝説の謎を追う

その日、私は某警察署の窓口に立っていた。目の前の女性警察官に趣旨を説明したが、彼女の顔は引きつっている。背後では、首謀者の編集Sが、にやにやしながら私の背中を眺めていた。

知らない番号から電話がかかってきたのはこの日の朝のことだ。

「初めまして、ｄａｎｃｙｕのSと申します。実は企画の相談がありまして」

話を聞くと、私が得意とする取材ルポというではないか。しかも、かつ丼は好物だ。ちょうど時間が空いていたので、もう少し詳しく聞こうと編集部に向かった。

「今日は、『なぜ、取調室といえばかつ丼なのか？』というテーマで調査してほしいんです」

ふむふむ、面白そうじゃないか。

「すぐ近くに警察署があるので、今から行って取材しましょう。アポはとってないんですけどね(笑)」

えっ、今からですか、という言葉を飲み込んだ結果、今、私は窓口の女性警察官と向かい合っている。

「あのー、なぜ取調室にかつ丼が出るのかを……取材していて……」

彼女が怪訝そうに見つめる。

「……少し待っていただけますか？」

窓口の向こうは、厄介な人が来たという空気に。そりゃそうだ。私だって、聞きたくて聞いてるんじゃない。大体、正直に言えばテレビで見て知っているのだ。今は取調室でかつ丼を食べさせることはないってことを。程なくして、男性警察官が現れた。

「今は、取調室で何かを食べるということ自体がありません」

ほらね、やっぱり。彼が言うには、食事をするときはいったん留置場に戻るのだとか。自弁といって出前を頼むこともできるが、提携の業者とメニューが決められているので、自由には頼めないという。

そのメニューにかつ丼はあるのかと尋ねると「あるともないとも言えません」。提携業者は？「それも答えられません」。うーむ、それくらい教えてくれても……。

「もし外部に知られたら、毒物混入などの危険性がありますから。わかってください」

なるほど。やっぱり、取調室でかつ丼なんて、現実にはないのか――。

昔の刑事はポケットマネーでかつ丼をおごっていた

「いや、私は取調室でかつ丼を食べさせたことがありますよ」

企画倒れになると思ったが、山が動いたのは、元神奈川県警の刑事で犯罪ジャーナリストの小川泰平さんの証言からだった。

「20～30年前の話ですけどね。ただし取り調べ中ではありません。取り調べがすべて終わり、起訴になると裁判を受けるために拘置所に移るのですが、その別れの昼に出しました。長い旅になるから元気出していけよ、という思いで食べさせたのがかつ丼なんです。私も一緒に取調室で食べましたよ」

その頃、刑事のポケットマネーの範囲でご馳走できる唯一豪華な食べ物がかつ丼だったのだ。だが、今は利益供与、つまり利益を与えることになるので一切禁止になっているとか。煙草やコーヒーもダメで、せいぜい水か、白湯だけというから厳しい。

そもそも、刑事ドラマにかつ丼が初めて登場したのは、1955年公開の映画『警察日記』と言われる。日本がまだ貧しかった時代の会津磐梯山の麓の警察署を舞台に、警察官と町の人々との交流を描いた作品だ。無銭飲食や盗みを犯した町民に対し、警察官は彼らの事情を聴き、諭す。当時は今のステーキなどの比ではない、トップ・オブ・ゼイタクな食べ物だったかつ丼は、警察官の人情を観客に喚起させる小道具として最適だったのだ。

古い新聞にはかつ丼にまつわる逸話がたくさんある。1933年、東京・滝野川の小学校が放火された事件で、ある少年は自分がやったと自白。しかし、犯人は別にいたことが判明した。少年は「罪になるような答えを言えば、かつ丼くらいは食べさせてもらえると思った」のだとか。罪を被ってまで食べたかったとは、当時の日本の貧しさに胸が詰まるエピソードだ。

1963年の「吉展（よしのぶ）ちゃん誘拐殺人事件」では、〝落としの八兵衛〟の異名を持つ刑事・平塚八兵衛が、容疑者にかつ丼で自供を促した、という疑惑が生まれた（ただし本人は否定）。ここまでくると、もう、卵が先か鶏が先かの話で、取調室でかつ丼を出したのは、現実が先なのか、ドラマが先なのか、真相は誰にもわからない。

冷めても旨いかつ丼は刑事の出前の定番だった

そもそもなぜ、かつ丼なのか。親子丼でもいいじゃないか。その謎を某県警の現役警部補・水野さん（仮名）にぶつけた。

「刑事にとって、かつ丼は身近な存在なんです。当直中に出前をとるときは、麺類は頼みません。110番が入るとすぐに行かないといけませんから」

確かに、丼物なら冷めてもおいしく食べられる。

「でも、親子丼はレンジで温めると卵がパサパサになる。生ものもダメだから鉄火丼もない。蕎麦やラーメンはのびる。やはりかつ丼に行きつくんです」

ちなみに、ピザもすぐ冷めるので論外だとか。刑事さんとかつ丼には意外な親和性があったのだ。となれば、取調室で「何か食べたか？」「かつ丼食うか？」というシーンが生まれたのも当然の結果だったのではないだろうか。

ここまで来たら、昔、取調室で振る舞われたかつ丼を食べてみたい。小川さんからこっそり情報を入手し、片っ端から電話をかけた。20～30年前の話だから、ほぼ閉店していたが、川崎に1軒だけ、当時、警察署にかつ丼を出前したと証言する蕎麦屋を発見した。

暖簾をくぐり、さっそくかつ丼を注文。来た来た、これが容疑者が食べていたかつ丼――。一口食べてみる。ほんのり甘いだしが衣にしみて、肉はジューシー。卵もよくからんでとてもおいしい。数々の事件の調査を続けてすっかり疲労困憊し心が乾いた自分に、このかつ丼は温かすぎる。ヤバい……。かつ丼には弱っている容疑者の心を解きほぐす力があるのかもしれない。これが人情の味か、とひとりごちながら私は一気に平らげた。

牛丼

牛丼に満足!

前川つかさ

第13話 牛丼に満足!

夏の牛丼屋はムギ茶が出てくる

バイトの金が入ってオレのふところは少々暖かかった
とくとくとく

ごく

ぷは〜
いやー今日は暑かったな…
らっしゃ〜い

パチン

牛丼の具を
つまみながら
ビールを飲む

ははは

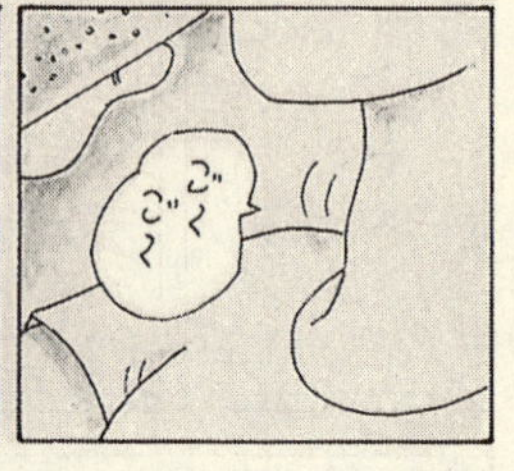
ごく
ごく

ぷは〜〜〜!!
…
…

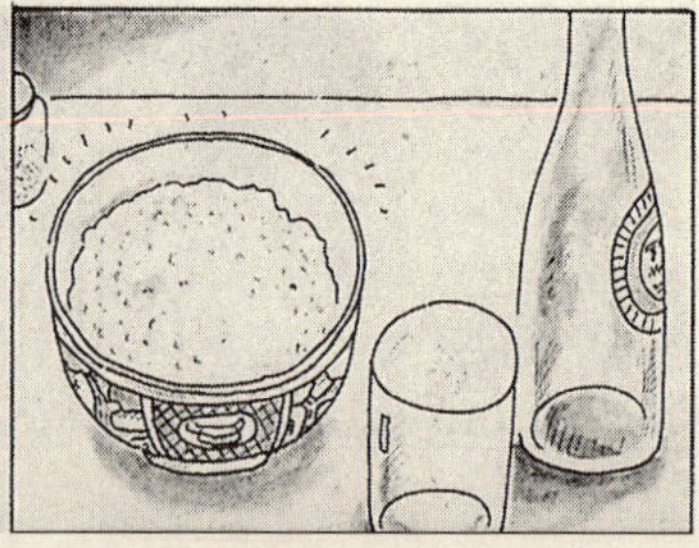

すいません
熱いお茶
ください
はい

ご飯に
しょーがを
タップリ乗せ

「しょーが茶漬け」
のできあがり

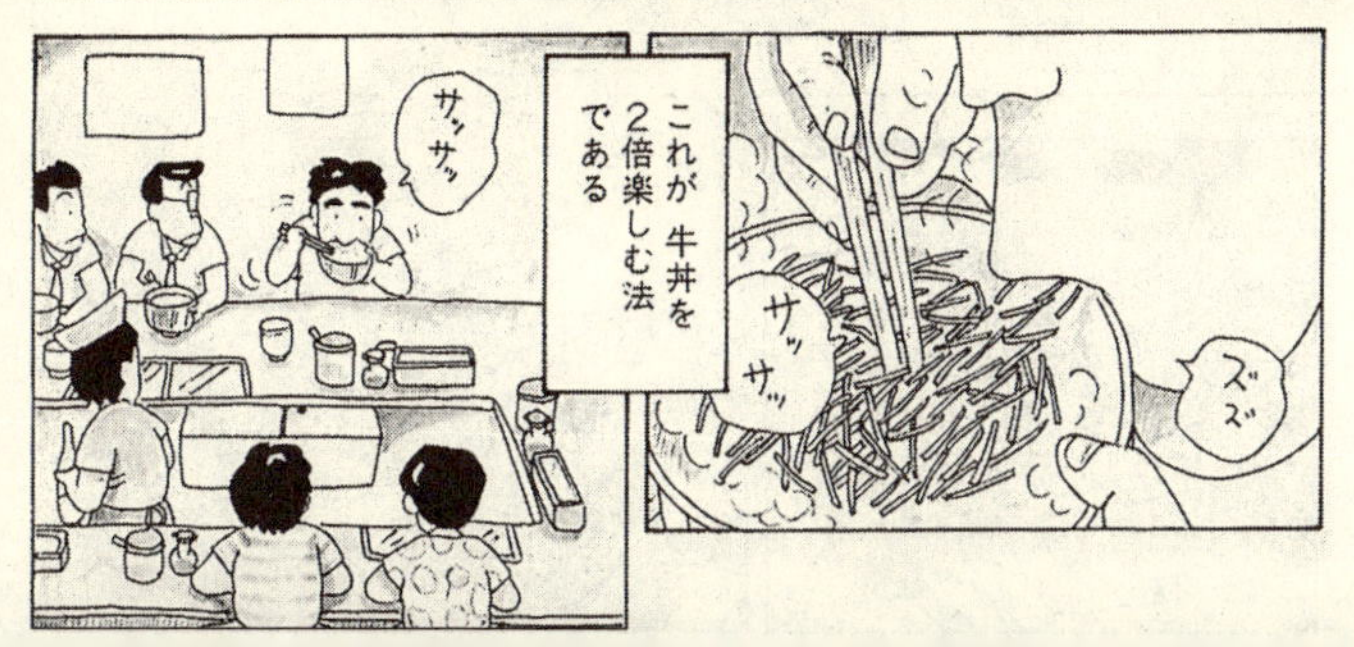
ズズ
サッサッ
これが 牛丼を
2倍楽しむ法
である
サッサッ

牛丼1杯200円のサービス期間中なのでオレはさっそく持ち帰りを注文する
お待ちい
よしの屋
しめて770円のり弁大盛り2食分を90円オーバーした
500
100
100
10
10
50

平和荘
すいません これ 冷蔵庫に入れといてくれませんか?
いいですよ
よしの屋

次の日——
「牛どんやきめし」にして食う
(保存しておくと牛肉の油がういてくるので油をしかなくてもよい)
ジャッ ジャッ
こーしてオレは2日がかりで牛丼を堪能した

牛丼と七味　吉野家

村瀬秀信

ここは吉野家、味の吉野家、牛丼ひとすじ80年♪（※）
牛丼ひとすじ300年。早いの美味いの安いの〜　なんて。
小学生の頃に子守唄のように聞いた吉野家のCM曲と、キン肉マンの劇中歌。その中で謳われる〝ひとすじ〟の220年差に戸惑った思い出も、04年2月にBSE問題の影響で、〝ひとすじ〟の吉野家から牛丼が消えたことを契機に、豚丼やカレー、さらにそば屋まではじめた戸惑いに比べれば屁のつっぱりみたいなもので。
とはいえ、1899年に日本橋で創業した際の「吉野家」は、牛丼といっても当時流行の牛鍋風。天ぷらもあったというからそもそも〝牛丼ひとすじ〟ではなかったのである。ところが、そこから105年後、茨城県神栖町や長崎市では「牛丼ひとすじなのに牛丼が食べられない！」とヒスを起こした武闘派牛丼原理主義者が店員を暴行して逮捕される事件が続発。また、05年に牛丼が一日限りの復活を果たせば、各店舗の前には長蛇の列ができ、夕方のニュースは各局ともトップ報道と、我が国における牛丼の影響力。ひいては吉野家の牛に対する執念であり、〝ひとすじブランド〟の力。そして、改めて日本人は牛丼が、吉野家が好きなのだなぁと痛感させられた。

2016年現在。吉野家は豚丼、牛カルビ丼、ベジ丼にカレー。トッピングも豊富に豚半玉キムチチーズ丼なんてものまで頼める有様だ。多様化するニーズに応えなければいけない時代の必然なのだろうが、吉野家はやはり「牛丼の吉野家」だ。

あのBSE問題の最中、反対意見を押し切り「米国産牛肉が使えず、自分たちの牛丼を作れないのであれば牛丼は出さない」と提供中止してまでこだわった〝この一杯〟に懸ける剛健な精神。赤身と脂身のバランスが取れた米国産牛肉に、トロトロ玉ねぎと、100年間試行錯誤を繰り返して辿り着いた白ワインをベースにした秘伝のタレ。これをつゆだくでオーダーし、玉子と紅ショウガ。仕上げに「七味」をぶっ掛ける。

最高だ。そう、大事なものは「七味」なのだ。テーブル上にセットされた吉野家だけに許されし魔法のスパイス。アレの前では吉野家がお家の存続をかけてまでこだわった〝米国産牛肉〟も脇役に霞んでしまう。そう。吉野家の牛丼はあくまでも七味があってこそ。あえて言おう。牛なんておまけなんです。アレは牛のダシが効いた七味丼なんです、と！

そもそも牛と七味の相性の良さは、わが国でも古くから知られた伝統である。「牛に牽かれて」でお馴染み、信州の名寺かの善光寺を見れば、その門前には八幡屋礒五郎なんて有名な七味屋がある。

吉野家の七味を食べて気がつかないだろうか。そこらのただ刺激を入れるだけの七味とは思想が違う。辛みと薬味がいい塩梅にブレンドされ、大量に投入しても口当たりでの辛さはほどほど。鼻腔の奥にお上品な風味が広がる至極の一品。

そして上質だからこそ、誰とでも寝ない。吉野家の七味は牛を選ぶ。試しにこの七味を他チェーンの牛丼に掛けてごらんなさい。全然違う味に落ちるどころか、誤って競艇場のモツ煮込みなんて劇物に掛けてしまうと、途端に侘しさばかりが増幅され、オケラの海に飲み込まれてしまう諸刃の剣。

あの風味と辛みの絶妙のバランスを持った七味の潜在能力を最も引き出すことができるのは、どうしたって吉野家の牛丼しかない。かつてコショーを求めて大海原へと船を出し、唐辛子を発見してしまったクリストファー・コロンブスが、もし当時吉野家の牛丼を知って航海に出ていたならば、意地でもジパングを発見するまで船に乗り続けたに違いない。それだけの魅力がこの七味には備わっているのである。

しかし、困ったことがある。この七味、店で食べる時はまだしも、持ち帰りの時に貰える量がまったくもって足りやしないのだ。日常における消費量から考えると、小袋で最低でも50袋は必要なのだが、他の牛丼チェーンとは違い、紅しょうがや唐辛子は「ご自由にお取りください」コーナーではなく、店員の胸三寸で決まってしまう。

そのため、何も言わなければ標準で2~3袋の隠し味程度。そこでレジ先で店員に「もっと」「もっと」「掌で摑んであと3回ぐらい」などと訴えを起こすのだが、筆者が住む新宿界隈の吉野家は客が多く回転も早いので、ムダに人々の心を逆撫でることもしばしば。スムーズに事を終えようといつも試みるのだが、そんな時は大概店員が韓国人だったりするので悲しみが止まらない。まぁ、そのお陰で韓国語で唐辛子は「コチュ」と言うことを学んだのだが。

ならば、吉野家の唐辛子を箱で売ってもらうことはできないのだろうか。そう考え吉野家のHPへ飛ぶと、すでに「よくあるご質問」コーナーに「七味や生姜は販売していません」と機先を制する告知。なるほど。すでに国民の多くから要望が殺到しているようだ。ならば、自分で作るしかない。これだけの極上品である。レシピなんて国家機密並みに門外不出だろうが、ダメ元でお客様センターに問い合わせてみた。

「夏みかんの皮、黒ゴマ、青海苔、そして唐辛子をブレンドすればできます」

……随分あっさりと教えてくれた。ていうか七味どころか4つだよ！

ところが、言われたレシピ通りに何度作ってみても、違うのだ。いくらやっても吉野家の味にはならない。使っている素材が違うのか、分量が違うのか、そもそも決定的な秘訣を教えてくれなかったのではないか。

しょうがないので今日も今日とて吉野家へ七味を取りに行く。今日は客が少なかったので「コチュをいっぱいくれ」と店員に堂々と頼んだのだが、家に帰ってみると大量の紅しょうがが入っていてひっくり返った。勢い余って吉野家へ怒りのリターン。どうやら彼は中国人だったらしい。結果、僕の唐辛子言語に「ラーシャォ」という中国語が新たに加わった。

※吉野家牛丼CMソング

【文庫版おかわり】　そんな話をしていたのも今は昔。国民からの待望の声に応えたのか、吉野家はついに「通販サイト」を立ち上げた。目玉商品はもちろん唐辛子である。30gの瓶詰め6本セットで1580円。……一食で1瓶使い切る量であると考えれば、俺は毎回260円分の七味を使っていたのかとはじめて知った。牛丼は、やっぱり店で食べるものだ。（講談社文庫版）

牛丼マイウェイ

石田衣良

先日、ある文学賞の選考会に出席した。あまり「R25」の読者にはなじみはないと思うけれど、選考会はだいたいホテルなんかで開かれて、めでたく受賞作が決まったあとは、夕食がついていたりする。

そのときは銀座のホテルで、フレンチのフルコースだった。なんとなく流れにのって、うやうやしくだされた皿を片づけていると、あるミステリー作家がぽつりといった。

「こういうディナーを女の人はよろこぶけど、なぜか女性って牛丼には理解がないですよね」

そうなのだ！

ぼくはひざをたたきそうになった。沈みがちだった宴席はそれから牛丼の話で盛りあがったのである。ぼくも大学からフリーター時代には、実によく牛丼にお世話になった。必要にして十分なうまさと、リーズナブルさ、それに単純にエネルギー補給をしているというハードな感覚がたまらないのだ。

今も、ぼくは自宅のそばにあるチェーン店（渋谷109のむかいにあるYである！）に、あまりたべものに気をつかいたくないときなど足を運ぶことがある。いつもカウンターに座り、牛丼がでてくるしばしのあいだ、ほかのお客のエネルギー補給の姿をじっくりと観察するのだ。

それにしても、あれですね、牛丼というのは誰もが自分好みの、これでなければ許せないというたべかたをもっているものです。七味唐辛子のかけかた、紅ショウガの分量、生卵のつかいかた……。かぞえあげていけば切りがないくらい、シンプルな丼一杯のたべかたには、無限のバリエーションがある。

かくいうぼくにも、自分なりの注文とたべかたのルールが厳然としてあります（こういうムダ話って、おもしろいね）。まず、中心となる牛丼は並盛。若いころは大盛や特盛だったけれど、もうたいしてカロリーは必要ない。ツユダクはちょっとごはんがべたべたするし、味が濃くなりすぎるのでパス。牛丼だけでは、バランスがよくないから、生野菜サラダも注文する。ドレッシングはゴマ風味で決まり、量がおおすぎるから半分だけつかう。これで二日酔いの日などは、汁ものがのみたいので、けんちん汁などを追加すれば、注文は完璧。

たべるときは、まず七味唐辛子である。豪雪地帯の初雪くらいに牛肉が見えなくなるまでしっかりと七味を振りかける。さらに中央に子どものにぎりこぶしくらいのおおきさに紅ショウガを積むのだ。なんだか、考えているだけで、お腹が鳴りそうだ。もちろん紅ショウガにも七味のトッピングを忘れてはいけない。ピンクのショウガに、唐辛子の赤がまざると、トーンがそろってきれいである。

こうしてできあがった激辛の牛丼をざくざくと崩しながらかきこんでいく。この時間がたまらないなあ。ボウルの半分までたべたところで、もう一度七味と紅ショウガを追加してやるのも忘れてはいけない。

お行儀が悪いのだが、ここからはごはんと牛肉と紅ショウガをよく攪拌して、牛丼混ぜごはんのようにしてたべるのがぼくの流儀なのだ。底のほうのごはんは、しょうゆ味の出汁が染みて、ちょうどいい甘辛さ。そこに牛肉の脂の甘味が加わり、ちょっとしつこめの味わいになる。それをすっぱい紅ショウガが爽やかに中和してくれるのである。

ほんとにまあ、なんてバランスのいいたべものなのだろう。ああ、うまかった。エネルギーは満タン。今日もバリバリ仕事片づけるぞ。いつもそんなふうに思いながら、箸をおくのである。

この文章を書くあいだに、実は渋谷の駅まえまでいってしまった。これを読んでるきみも、今日は牛丼がたべたくなったでしょう。ほんとに罪つくりなたべものだなあ。

牛丼屋にて

団　鬼六

何時頃から吉野家の牛丼屋が好きになったのだろうか、はっきりわからない。初めてこの牛丼屋に入ったのは引退棋士の大友昇九段（おおとものぼる）と一緒だった事だけは覚えている。横浜、桜木町の駅前通りをところかまわず二人で飲み廻り、へべれけになって何やら妙に電灯の明るい店へ足を踏み入れたなと感じたが、それがこの牛丼屋、吉野家であった。アルバイトらしい若い店員に、ここはメシ屋か、と聞くと、ビールや酒も置いている、という。それで助かった気分になり制限時間一杯まで私達は腰を据えて飲み出した。

制限時間というのはこの店では酒類の販売は十二時までと時間を制限されているのだ。それにお一人、ビールなら三本、お酒なら三本と数量まで制限されている。この制限というのが妙に気に入って私は一人ぼっちで飲む時はこの吉野家を大いに利用する事になった。

一人、酒類は三本まで、それも十二時以後の販売は禁止というのは自分の年も考えて、これは健康管理上、非常に好ましい事である。ただし、こういう店は一人で飲みに行く所であって、仲間を招待するのはどうかと思うのである。奨励会員だって、よく、今日は吉野家でおごってやるぞ、というとあまりいい顔はしない。鬼六先生、とうとうそこまでセコくなったかと陰で悪口いうにきまっている。

この庶民に愛されている牛丼屋で一人、飲む事を覚えてからこの店はなかなか捨て難い味わいのある事を知った。ここへ出入りする人々のむき出しにした生々しい食欲を見廻しながらチビリ、チビリと酒を飲む気分はこれこそ粋人の飲み方だと感じる事がある。ここは単に人間の食欲を軽便におぎなう場所であって見栄もなければ理屈もなく、何の知識も必要としない。

それまで私は一人、静かに飲む時はホテル・ニューグランドとか、ブリーズベイホテルの酒場などで年配のバーテンを話し相手にし、オールドパーのストレートをチビリ、チビリであった。バーテンに紹介された外人の泊まり客に下手な英語で語りかけ、面白くないのにキャッキャッと笑ったりしていたが、そういうのは全く気障で哀れな飲み方だと吉野家に出入りするようになって思い知るようになったのである。

牛丼、並四百円、大盛五百円、牛皿、並三百円、大盛四百円、おしんこ九十円、ビール四百円、お銚子三百三十円――といった風に吉野家ではあっけらかんとしたメニューが店内の壁にはりつけられてあって、私が何時も注文するのは三百円の牛皿の並と九十円のおしんこ、それからお銚子、これは制限本数の三本を最初から注文しておく、それを飲み終えたら真っすぐに家へ帰る覚悟だけはきめているのである。必ずしもうまくいくとは限らないが。

昨日も雑誌社の編集者何人かと福富町で飲み、彼等を桜木町駅まで送ったあと、一人で久方ぶりに吉野家の牛丼屋に向かった。時計を見れば十一時を少し出たばかり、飲酒可能のタイムリミットまでには間に合いそうだと急ぎ足になるが、これが吉野家一人酒の楽しさでもある。

雪でも降るのではないかと思われるような寒い日で、うなるような風の中を突き抜けて皓々(こうこう)と電気の輝く暖かい店内に入った時はほっとした気分になった。

もう十二月も半ば、吉野家の窓から見えるデパートではこの寒空の中、クリスマスの飾りつけ工事が行われていて歳末感はやはり匂い立ってくる。

例によって私は牛皿の並とおしんこ、お銚子三本を注文し、入れかわり、立ちかわりの客の動きを観察しながらチビリ、チビリと酒を飲む。やはり、歳末のせいか客の出入りは何時もより多いようだ。客種は種々雑多でサラリーマン、学生、運転手、土木作業員、安キャバレーのホステスらしい女——仲間づれで入って来ても飲酒するのは少なく、せかせかと飯をかきこんで食欲だけを満たすと小銭を出し合って割り勘で会計をすまし、寒い夜空の下へそそくさと出て行くのだ。

こうした店で通りすがりにふと見た人とはもうこれで二度と会う事もないと思うと、これもまた一期一会であって人生的な面白さを感じるものだ。

最近はやっぱり年の故なのか、かなり仕事が忙しくなって身心ともに疲労しているらしく、こうして一人でチビリ、チビリやっていても酔いの廻るのが早い。それに雑念妄想が生じて、明日までに仕上げなければならぬ仕事がうんとあるのになんでまたこんな所で一人ぽつねんとし、人が飯を喰っているのを肴にして意地汚なく飲んでいるのか、わけがわからなくなってくる。そのいいわけを口の中でぶつぶつつぶやいている自分に気づいて驚く事もあるのだ。酔っ払って何か独り言をつぶやくなど、そんな気味の悪い酔っ払いはよく見かけるもので、最初、大友九段とこの店へ入った時も眼の前に蓬頭垢面(ほうとうこうめん)のおっさんがいて一人で勝手にしゃべりまくり、呆れて見物したものだが、そんな酔っ払いの域にそろそろ近づいて来た自分に気づいて、情けなくなってくる。

こりゃいかん、と独り言の出た自分を正気づけようとあわてて首を振った時、前面に私の方を不思議そうに見ながら食事をしている親子連れらしいのに気づいた。

親子連れはまだ四十代らしいジャンパー服姿の父親に八歳と六歳位の女の子、それに五歳位の男の子という四人づれで、もう十一時を廻ったこんな深夜の牛丼屋で子供に飯を喰わすというのも奇怪な感じだ。恐らくこの親父、女房に逃げられたのではないか。幼い子供は自分が引きとり面倒を見ているものの、親父の勤務時間の都合でどうしても子供達に夕食を喰わしてやる事が出来ず、子供の腹の減り具合を調整させて、こんな深夜に親子四人で牛丼屋ののれんをくぐる——と勝手な想像が生じてくる。姉二人は弟のために店に頼んで小さな器を出してもらうとそれに自分達の丼の飯や肉を分けて盛り上げてやっている。

長女らしい八歳位の女の子は何となく林葉直子(はやしばなおこ)に似た美人型で、それにそんな年頃でありながら身体つきに不思議な色気が滲み出ているのだ。父親が煙草をジャンパーから取出すのを見たこの美貌の長女は店の奥に向かって、「すみません、灰皿をお願いします」と声をかけ、父親の世話をちゃんと見ている所など感心させられる。こういう美少女がやがて成長すればどういう境遇になるか、姉弟で父親と一緒に深夜の牛丼屋で食事をするというようなこういう少女時代を過ごしただけに、将来はその逆に華やかな幸せをつかむのではないかと空想してみたくなる。

デヴィ夫人みたいなのもいいな、いや、宮沢りえだっていいじゃないか。そんな空想を楽しんでいる時、足元に紙袋が投げ出してあるのに気づいた。さっき、今月から私の小説の担当者になったKKベストセラーズの編集者が駅前近くの菓子店で、「これ、お孫さんに」と買ってくれたもの。あけてみるとキャンディーとクッキーの詰め合わせだった。

これ姉弟で分けなさい、と、前面のスタンドに坐る女の子の方へその包みを差し出すと、彼女達はギョッとした顔で私を見つめた。「キャンディーにクッキーだよ、何もこわがる事はない、一寸早いがクリスマスプレゼントだ」と私が笑うと突然、親父が大声で、「皆(み)んな、立って」と、子供達に向かって命令口調でいったので私も驚いた。

「おじ様、どうも有難う」と親父にリードされて三人の幼児がいっせいに土間に立ってこちらへ頭を下げたのだが、こういう光景を見せられると私も年の故かどうもいけない。五歳位の男の子まで親父に椅子から抱き下ろされてペコリとこちらへ頭を下げているのを見ると、忽(たちま)ち、眼頭が熱くなってしまうんだ。

私から受取った袋の中身を引っ張り出して子供達は幸せそうに笑った。親父も改めて私に礼をいうと、自分はどこどこに住んでおります、とか、自分は何々鉄工所で溶接工をやっております、とか、聞きもしないのに私に向かって自己紹介した。自分は、自分は、という名乗り方が一寸やくざっぽいが真面目人間を感じさせる。えてして、こういうタイプの男が女房に逃げられやすいのである。

この親子連れが引揚げた頃には制限本数のお銚子三本も残り少なになり、そろそろ御輿を上げねばと気持はそうなっているんだが、何か考え事をしなくてはならない気がしてなかなか腰が上らない。そう。吉野家が気に入っているもう一つの理由は、ここでは誰にも邪魔される事なく考え事が出来る事にある。小説の筋書きなんかもお銚子三本、飲む間に考えつく事もある。ここは、大衆食堂であるから上司が部下を連れて来て、あーこりゃ、こりゃの宴会はないし、大衆酒場のような喧騒もない。メシは静かに喰うべきもの、といった風な静寂が垂れこめているのにも価値があるのだ。つい、この間、復筆宣言パーティなるものを開いたが、すると、忽ち、あちこちより注文が舞いこんだ。来年は劇場映画も製作される事になって真に有難いとは思うものの、体力がそれについていけなくなっている。世の中というものは皮肉に出来ているもので、仕事が山積してくると、それから逃れるために居酒屋へ逃げこんだり、以前よりも将棋に熱中したりする。これでは一体、何のために復筆宣言したのかわからない。

「あれ、先生じゃありませんか」といきなり横から背広姿の男に声をかけられた。男は二人連れでサラリーマンになり立てといった感じの若い連中だった。「その節はどうもでした」というのだが、私は思い出せない。Ｋ大学応援団のマネージャー石田ですよ、と彼はいった。そう、養老乃瀧で先生から宴会費をカンパしてもらったじゃないですか、と彼がいったので私はようやく思い出した。二年ばかり前だったか、当時、「将棋ジャーナル」の専属ライターであった国枝久美子と大衆居酒屋の養老乃瀧に飲みに入った時、知り合った学生である。その居酒屋の二階ではＫ大学応援団の何かの宴会が開かれていて、マネージャーの石田君は予算がオーバーしたとか何かで階下の店の会計と悶着を起こしていた。あとビール十本、と、石田君が頼むのに対し、店の方は、それじゃ予算が足りぬと突っぱね、金は後日、払う、と石田君がいっても店の方は聞き入れない。それを耳にして国枝が私から受け取った一万円をカンパだといって石田君に手渡したのだ。こっちはジャーナルを廃刊しようか、どうか、大事な相談を彼女としていた所で、横っちょが何だかうるさいから追っ払うつもりでカンパしてやったのだが、石田君は二階へかけ上って部員にそれを報告したらしい。突然、もの凄い足音をさせて五、六人の酔っ払った団員が階段をかけ降り、私達二人を取囲んだ。団員の中に私を知っているのがいたらしい。「先輩に対し、お礼にエールを送らせて

頂きます」と団長らしいのがいった。自分達はK大学の先輩でも何でもないのだから
この店でそういう派手な事をしてもらっては困る、と私達は尻ごみしたが、彼等は聞
かない。ビール十本、つけで飲ませぬこの店に対する嫌がらせの意味もあったのだろ
う。それにしても店の中で応援団長の両手を宙に上げての指揮のもと、フレーフレー、
オニロク、には閉口した。
　二年ぶりにその時の応援団部員に今度は吉野家で再会したわけだが、石田君は現在
は商事会社の真面目なサラリーマンになっているらしい。あの応援団時代はボサボサ
頭をしていたが、今ではスペインの闘牛士みたいな髪型でべったりポマードを塗って
いるみたいだった。
「へえ、先生もこういう店にいらっしゃる事があるのですか」
と、石田君は裾元をはだけさせた薄っぺらな着流し姿でだらしなく椅子に坐ってい
る私をしげしげ見つめながらいった。吉野家のスタンドでコップ酒を握りしめながら
九十円のおしんこをポリポリ齧(かじ)っている私の風態を彼は哀れっぽい眼差しで見つめて
いる。あれから私が相当に零落したものと彼は感じたようだ。
「あの時、僕らに一万円とどけて下さった国枝さんは今、どうなさっているのです
か」

「ああ、彼女は新聞社に就職がきまって、今、東京で働いているよ」

ああ、そうなんですか、そうなんですか、と、彼はあの時、彼女達と一緒に仕事した将棋雑誌はとっくに潰れてしまった事など私に聞かされると溜息をつくように何度もうなずき、何時まで続くんでしょうかね、この不況は、などといった。彼の会社も今月から残業がなくなり、タクシーのチケットなんかも発行してくれなくなったという。石田君の連れの男も自分の会社は今年は大幅にボーナスが削減されたとぼやき出した。そして、内閣批判までやらかし、コメの部分開放決定をどう思いますか、と、吉野家で何もそんな事、持ち出す必要はないと思うのだが、ウルグアイ・ラウンドの調整案受入れを正式決定するなんて僕は疑問に思うなどといい出した。大隠は市に隠る、といった具合で私はここへ孤独を楽しみに来ているのだが、やっぱりこうして若い連中に話しかけられたりすると、孤独から解放された悦びについ、おしゃべりを楽しみたくなってしまうから不思議だ。国内の自給を貫く事は出来ず、首相は断腸の思いで決断、なんていっても、やっぱり有難い時代でこうして吉野家に来ればいくらだって我々には牛丼を喰わせてくれるではないか。深刻な米不足といったって米不足のために閉店した食堂やすし屋が出たって話は聞かないし、そこへいくと私の青春期なんか、飯を喰わせる店なんかなく、旅行するにも米を持参しなければ旅館で食事をさせてもらえなかった。政治家の公約の極り文句は三合配給断行であったっけ。高校生の時、田舎へ米の買い出しに行き、警官に追われて米の入ったリュックサックを投げ出して逃げた事もあったが、今は何だかんだといっても良い時代で、それに馴らされてくると我々、初老の域に達した人間はあの暗い時代にふと郷愁めいたものを感じる事がある。

「あの時、お世話になったのですからここの勘定はどうか僕に任せて下さい」

と石田君はそろそろ終電車ですのでと腰を上げると同時に私にいった。ここの勘定といったってたかが知れているので私は、いいよ、いいよ、と手を振って止めたがそれでも石田君は無理に支払って、しかし、二千円でおつりが来るのでまだおごり足らないと思ったのか、おい、ここへお銚子三本、追加、と私の前の卓をたたくようにして店員に声をかけた。すみません、お一人様、三本という規定になっておりますので、と、若い店員が答えると石田君はむっとした表情になった。

俺は元、何々大学、応援団部の何々で、団長だった何々はこの店の店長とは親友だ、というような事をいってたようだが、そんな事、アルバイト店員にいったってわかる筈がない。もういいよ、もうこれ以上、飲めないのだから、とこっちは逃げ腰になって椅子から腰を上げようとしているのにこの若い二人は私の身体を椅子に押しつけるようにして離さない。こんな所で、飲ませろ、飲ませぬ、の事で喧嘩されてはやり切れないのだが、石田君は元、K大学応援団員としてこのまま引き下がっては男がすたると思ったのか強引な交渉に入り、結果、その若い店員はお銚子三本とビール三本をどかんと卓の上へ置いたので私はびっくりした。石田君は自分達二人はここで飲酒しなかったのだから、一人、三本の権利を私に譲渡した形にしたというのである。無茶だよ、君、一人でそんなに飲めるわけねえだろ、と私は顔をしかめたが、大丈夫ですよ、がんばって下さい、と、石田君はその勘定まですませて笑いながら私の肩をたたいた。学生の頃、世話になった男に思い切って礼をさせて頂いたという満足げな微笑が彼の口元に浮かんでいた。

「一つ、来年は先生がんばって下さい」

と、石田君がいうので、

「ああ、今年は貧すりゃ鈍するの一年だったからな、来年はがんばるよ」

と、答えると、

「いいえ、先生は貧しても鈍ですよ」

と、妙な事をいって彼は手を振りながら店を出て行った。

彼等が姿を消してから、貧すりゃ鈍といった私の言葉に対し、貧しても鈍という応答は一体どういう意味なのかと、彼等におごられた酒に手を出しながら考えてみる。

ようやく意味がわかって私は一人で笑い出した。

鈍というのを首領に置き代えたのだろう。

お世辞にしても、貧しても首領、とはなかなかうまい事をいってくれるじゃないか。

しかし、一人で飲む時の酒はやっぱり三本が限度というもので、石田君がおごってくれたのは有難いが、四本目を空け、五本目に手を出すようになると、酔い心地も何もあったものではなく、酒にただ身を任せているという感覚があるだけ。苦痛すら生じてくる。それなら飲むのをやめればいいのだが、まだ一本残っていると思うと、そこが飲み意地の汚なさというか、たかが牛丼屋の酒であろうと無駄にはするものかと戦い抜く気持になってしまうのだ。

長屋の牛丼　林家正蔵さん（落語家）

増田れい子

台東区東上野。地下鉄稲荷町駅をおりて、教えられた通りに横丁をまがると、目の前に忽然（こつぜん）とあらわれた長屋。紺のれんが実直に下がっている。

質素な長火鉢、白黒テレビ、茶だんすにちゃぶ台のある長細い居間、その向こうが台所、そのさきは……ない。いまどきの2DKの元祖は、この長屋であったか、と妙に納得する。小さなちゃぶ台の前に、正蔵さんが座っている。長火鉢の向こうには、永年苦労を共にしてきたおかみさんが、ゆかた姿でちんまり火ばしなど使っている。そのわきに内弟子さんがいて、コーヒーをたてている。正蔵さんはコーヒーが滅法好きである。

「前座の時分ですから二十何歳のころですな、兄弟弟子に小づかいが豊富なのがおりましてな、いろんなところに連れてってくれてコーヒーも覚えました。カフェ・パウリスタなんてえいいましてな、ボーイさんが出てきて、コーヒーを持ってきてくれというと〝イエス〟といったもんです」

このごろは、コーヒー下さいというと〝ホットですね〟ということになっているが、コーヒー屋さんはその昔から英語が好きなんだろう。

「こういう商売でございますから、一流の食べ物屋には一度は参りますな。しかし二度とはぜいたくを致しません。がんもどきの煮たの、油揚げごはん、揚げを焼いて大根おろしでいただく、それで一パイ。高級なものはダメで、安い下司（げす）なものがよろしいようで」

正蔵さんはことし八十一歳になるが、古典落語ひとすじ、わき目もふらず愚直に生きてきた。おかみさんがひと言「がまん強いひとです」と、その生きかたを表現する。

終戦の年が五十歳。戦争中は陸軍省からの依頼で軍隊慰問、それから軍需工場の慰問。日当は五円だった。ユメのような高収入だった。

「行きますてえと、帰りにおみやげくれるんです。漫才の人は二人分もらえてね、はなし家は一人分ですな、これは仕方ない。戦争がはげしくなって、空襲で家を焼かれるようになる、てえっと火事場ドロなんてのも出ます。警察がつかまえて、オリなんかへ入れる。でも敵機が来てまたバクゲキすれば、逮捕した者もされたのも、いっしょにオリんなかで死んじまう、何てハカないもんかと思ったもんです」

人間なんてハカないもんだ、この思いが、正蔵さんについてまわる。人生五十年を粗食で生きてきて、宗旨がえをするくらいなら、とことん粗食で往生ぎわまで行こう、そんな了見がかたまっているようだ。戦後の食糧難時代にも、粗食できたえてあったからビクともしなかった。

その正蔵さんがもっとも愛好する粗食の真打が、牛丼である。牛肉はすじ肉を買う。

「まず、ゆでます。それから細かく切る。醬油と酒をたっぷり、砂糖を入れて、こってり味に煮ます。圧力鍋を使いますと、早くやわらかくなりますな。すじの部分がまことにうまい。他に鉄砲に切った（ブツ切りのこと）ねぎと焼き豆腐もたっぷり入れましてな、酒をのみながら、ねぎと豆腐をつつく、おしまいに、ごはんの上にやわらかくなったすじ肉をたっぷりかけて食う。冠婚葬祭、ことのあるごとに、牛丼ですな」

ところが、このごろ、このすじ肉がなかなか手に入らないそうだ。

「聞くところによると、すじが大量に中華料理店、ラーメン屋さんに入っちまう。とりがらでだしをとっていたのが、昨今とりがまずくなったのか、客の好みがしつこくなったのか、とりでは水っぽくて、すじ肉を使うんだそうですな。困ったことになりました」

すじ肉さえ手に入りにくい昨今、粗食さえも行きづまる世の中、ということか。

「亡くなった先代の三笑亭可楽は、戦後宝くじが売り出されるたんびにそれを買いましてな、当たったらその半分ですじ肉をうんと買って、こう皿に並べて、あとの半分で酒と、ねぎと、焼きどうふを買って、それも大皿にこんもり盛りあげて、牛丼をどっさりつくって、弟子たちにごちそうしてやりたいなあ、と口ぐせのようにいってました。牛丼はいいもので……」

牛丼には、吸いものもみそわんもいらない。ほかほかに炊き上がっためしと、つけものさえあれば、酒がすすみ、話がはずむ。

「米粒だけは、昔から粗末に出来ないタチでして、一粒たりとも捨てられませんな。終戦直後なんざ、高粱（コーリャン）食べてましたねえ、お米どころか。買出しにも行きましたが、洗いざらい家んなかのもの持ち出しちゃって、だんだん持って行くものがなくなった。どこの家でもそうだったんでしょうな、しまいごろには、農家の人がシルクハットかぶって畑やってたっていいますから」

「甘味もすっかり姿消して、こどもに買ってやったので覚えてますが、柿の皮をむいて干し柿つくる、その柿の方じゃなくて皮の方をまた干して袋につめて売ってましたねえ」

たまに洋食屋に行く。たいていカレー。安いものが「お歯にあいますな」で、時間となりました。

親子丼

〝丼〟旅行

小沢昭一

私は、いわゆる丼物が好きです。丼物は、とにかく値段が安いのですね。例えば天ぷら定食よりは天丼のほうが安いと決まっております。しかし、天ぷら定食より天丼のほうがおいしいと思っている方、結構多いのではないでしょうか。私もそのひとりです。だいたい、AとBと似たものが二種類あって、Bのほうが欲しくて値が安いとなれば、こんなありがたいことはありません。

こういうことは、しかし私の場合、丼物だけに限りません。森羅万象というほどでもないのですが、日常身のまわりで、自分の趣味嗜好にピッタリ、いいなァ欲しいなァと思うものは、だいたいのところ安いものが多いのです。どうも育ちが安くて、安もの暮らしが身についているせいなのでしょう。

いいえ、これでも私は贅沢な男だと自分では思っています。自分の欲しいものは何でも手に入れたい。また必ず手に入れています。そういう意味で私は贅沢三昧の暮らしをしております。

けれども、その贅沢、あんまりお金がかかりません。欲しいものがはしから、結果的には安いものばかりだからですね。そばならカケを、背広よりセーターを、豪邸よりは借家普請を、金銭に関係なく、自然に愛好するのですから、フシギというか、ありがたいというか、ナサケナイというか……。

それに、欲しいものがそんなにありません。これも耐乏育ちの、アワレな末路でしょう。今の私、せいぜい食いものぐらいしか、楽しみがないのです。

もうこの年齢になりますと、自分の享楽には、出来る範囲内でお金を注いでも後悔はいたしませんし、オテント様にもお許し頂けると思いますから、美味けりゃ食いものに金おしみはいたしませんが、でもそういっても、食いものなんて、どだい値が張らないのですね。

はやいはなし、ゴルフをやる、ヨットに乗る、海で釣りをする、どこかのマンションでどなたかの面倒を見る……そういうお父さん方のお楽しみに比べたら、まァ、お金はかかりません。

だいいち私、そういうホビーなるものに、どうも興味がわかないのです。〝面倒見る〟のだけはやってみたいのですが、あれも、ナンヤカヤと厄介なんでしょ、生きもの相手だから。カナシイけれど無趣味、無道楽、無レジャーなんです。

ですから、地下鉄に乗って、どんなに高いもの食べて帰ってきたって、フツウのお父さん方のお楽しみ料に比べたらタカが知れていますよ。私はお酒もやりませんしね。おまけに車に乗るより地下鉄が好きときてますから交通費も安い。私の家から都心のたいていの所まで百四十円です。

それに地下鉄はオモシロイのです。景色が見えない分、ゆっくり人が見られます。ジロジロ、あるいは見て見ぬふりで周囲の人さまを観察します。これが汲めども尽きぬオモシロサ。なに、「人さま」っていったって「女さま」のことですよ。それもお若い「女さま」をジロッと、そう、いやらしく、いえ、絶対にいやらしさを露呈することなく、さらっと何気なく、あるいはむしろ不機嫌そうに拝見するのです。

これがベンキョウになります。このベンキョウ、若い時からやってますが、まだ飽きませんねェ。

地下鉄はまた階段も長く、多いので、ベンキョウが乗り降りの前後にも行えます。

下から階段を昇ってゆく時、私は姿勢を正し、上を向いて昇ります。猫背の私にとって背筋の矯正になるばかりか、ベンキョウが出来ます。また、型のいいベンキョウがいっぱい目の前を昇っていきますねェ。ブリッと盛り上がったベンキョウを仰ぎ見ますと、もうこのオチメ街道まっしぐらの五体にも、ググンと力が漲(みなぎ)ります。健康の元は地下鉄です。

いつのまにか、私の健康法のお話になってしまいましたが、「万事安上りの性(しょう)」のお話でした。いや、そうじゃない、丼物について申しあげたかったのです。

丼物がどうして私にはおいしいのか――。

丼物は、あの皿、このオカズと気を散らすことなく、一品、一点に集中出来るので、私はとても気持ちが落ち着くのですが、あのズシリとくる重みも、心の安らぎ、安堵感を与えてくれます。とにかく丼の中には、何丼だろうとまずぎっちりコメがつまってますから、コメの重みで、まずはオメデタイのです。

またあの話かとおっしゃるかもしれませんが、四十何年か前、善良なるコクミンなら、コメは食えませんでした。私どもは、戦争が深間(ふかま)にはまりこんでゆくに従ってだんだんコメがなくなってきたあの恐ろしさを、まだしっかり覚えておりまして。こればっかりは忘れられません。

コメ、ギンシャリ、あこがれましたなァ。

ですから、あれから半世紀近くたった今でも私、オコメにはどうしても手を合わせます。飽食とやらの時代でもコメ信仰のままです。また、美味いや、コメは。なにより美味い。こんな美味いもの他にありませんよね。

オコメは私にとって平和の象徴です。コメさえあれば、なんだかよくわからないけれど、安心するのです。

丼物にはそのコメがぎっちり。何丼だろうと、丼物はコメ丼なんです。ニッコリですよ。

それと、あの丼の手触り。

戦中戦後の外食券食堂で、ヤミでやっとこさ手に入れた細い券を差し出すと、茶碗一ぜんぐらいの飯を、フワーッと丼に盛ってくれました。なにか混ぜてあってもギンシャリです。仰ぐようにそれを押し頂いた時の、ああ、あの丼の手触り。丼は、あの時のエクスタシーもよみがえります。

ついでにいえば、丼の手触りは、地下鉄の階段の、下から仰ぐあのベンキョウの手触りでもあるのです（触ったら大変だけど）。年齢（とし）をとればとるほど、あの手触りはイイ！

私は、丼物で酒池肉林の快楽にひたれます。
このあいだなど、一杯の丼を食べるために、新幹線で岡山まで日帰りしましたよ。
どうだ、この贅沢！

私ども俳優稼業も、お相撲さんや野球選手などと同様、怪我は多いもの。
岡山県の山の中のロケで、崖から落ちて腕を折ったことがあります。その時はすぐ吉永町町立病院に運びこまれて手当てを受けたのですが、この病院の先生が一ぺんで好きになりまして、この先生に最後まで治療をおまかせしたいと、私は東京から岡山県吉永町までの通院を決意し、それをやりとげたのです。

病気はお医者との〝相性〟でなおります。〝相性〟わるければどんどん替えるのがよろしい。しかし、この先生と惚れこみ、入れこめればなおりは早いものです。

通院したといっても、もちろん毎日通ったわけではありません。ほんの数回で、あとは電話で指示を仰いだのですが、でも、それにしても東京から岡山まで！　ハイ、私、贅沢させてもらいました。

もっともその時に、ついでに寄るのか、実はそれが目的か、別にひそやかなるお楽しみがありましたよ。

それは、おいしい丼を食べに行くこと。そうです。岡山に、私のばかに気に入ったカツ丼がありまして、これがお目当てでした。

いったい、カツ丼といいましても、土地によってお店によって多種多様でして、名古屋地方の味噌カツ丼などは特徴がはっきりしておりますが、一般的な東京風カツ丼でも、ネギの種類や汁の具合、卵のかけ方など、日本中でずいぶん様子がちがいます。

以前、大船の撮影所の前にあった食堂で、大船映画歴代の食通監督や口のおごったスターさん達が食事をとっていた所ですが、ここの、飯の上にキャベツを敷きつめ、カツをのせて、特製ソースをかけただけのカツ丼はさっぱりと美味でした。もうずいぶん前に店を閉じましたが、まだ私の舌に美味しさの記憶が残っております。

いったいに岡山のカツ丼は、ドミグラスソースをかけたのが多くてフシギなんですが、私は市内表町にある「だて」という店のカツ丼を好んでおります。「だて」はラーメンとカツ丼の二本槍の店でして、カツ丼のカツが薄くて広いのです。私の好きなペチャカツです。その揚げたてを、ザクザクザクと細く包丁を入れて、アツアツの飯にのせ、ドミグラスソースをたっぷりかけて、その上にナマ卵の黄身をポンと落としてくれます。これがまァ、身体にワルイくらいおいしいのですよ。

威張るわけじゃありませんが、私の頭の中に、日本全国のおいしい丼物地図がいつのまにか出来上がっておりまして、芝居の旅をしながら丼巡りなんです。

この地図、そうはやすやすとお教えいたしません。私は慈善家的資質が欠如しておりまして、ハイ、ケチなんです。でも私めの駄文をお読み下さる方々には、少しずつネ。

「だて」も長いことヒミツに〝私有〟していたのですが、先般、〝丼大会〟のごとき冊子にて大々的に紹介されてしまいましたので、その本に載っていないお店をひとつ、どうだとばかりにご紹介させて頂きます。

滋賀県長浜です。長浜の鴨料理「鳥新」というお店は有名で、日本一だと桂米朝さんに教わって私も大ファンになりましたが、この「鳥新」のご主人が教えてくれたおいしい親子丼があるのです。

自分の店で出しているのではありませんよ。おなじ長浜市内の別のお店を推薦してくれたのです。つまり鳥屋さんが鳥屋さんを教えてくれたのですから、これは美談です。

その店の名は「鳥𠮷多（とりきた）」。ここの親子丼、まァ私にはおいしかった！

親子丼というどこにでもあるごくごく平凡な食いものを、美味い！と思わせるのですから大変なことです。役者の仕事でも、平凡なありふれた役柄でうまいと思わせるには、相当の腕がないと出来ないことなんですよ。

だから長浜へ行くと大変なんです。昼めしに「鳥喜多」、夜は「鳥新」。朝起きたら卵が生めたというくらいです。

それにしても、丼を食べるための旅行なんて豪勢でしょう。長い間せっせと働いていると、こういう贅沢馬鹿も出来ると感謝しておりますですよ。

でも、しつこく繰り返しますが、私、ゴルフも〝面倒見〟もやりません。おソープも止めました（止めざるを……）。おソープに比べても食いものは、新幹線こみでも安いもんです。

滋賀県まで行って、この私が琵琶湖の反対側へは寄らないで、丼だけ食べて帰ってくるなんざァ、イキなもんです。

エッ？　なるほどオチメの証拠？　ハハハハハ。

どんぶり

戸板康二

丼という字は中国にもあり、井という字の古体、そして井戸の水の中に物を投じた音と注釈されている。音はタン・トン。日本では、音そのまま、どんぶりと読んでいる。

外食の時に注文するのが、天丼、うな丼、カツ丼、牛丼、そして親子丼、玉子丼であるが、前の四つは、てんどんというふうに、どんと略し、親子だけは、略さない。これは音感のぐあいもあるし、親丼では変だからである。

どんぶり物がたのしいのは、上に乗せてあるものの味と、たれの味が、米の飯ににじつにうまくしみこんでいるからだ。多少飯がたれを吸ってから出されるとありがたい。

もちろん、出前でなくても、蓋をして客に供するが、天丼の場合、その蓋のあいだから海老のしっぽがはみ出していると、期待が大きい。かきあげの丼もうまい。しかし、私は「橋善」のように、大きなかきあげの丼を昔ほど食べられない年になった。

先年、病気をしたあと、食欲はあっても、ゆっくり食べないといけないので、毎食、以前の早めしとは打って変わって、時間がかかるが、いつぞやテレビを見ていたら、二十歳前後の俳優がトラックの運転手の役で、食堂に飛びこみ、親子丼を一気に食べる姿を見て、若さっていいものだと、溜め息をついた。

親子丼は、ことわるまでもなく、鳥肉と玉子だから、親と子なのだが、これは明治になってから、山本嘉次郎監督の父上が発明したと聞いたことがある。

山本さんは三田の先輩で、親しくしていただいたが、「最高の親子丼を食べる会」を催した。誘われたが、用事があって行けなかった。鳥も玉子も玉ねぎも三つ葉も米も、日本一の材料を使ったそうで、会費千五百円だったという。いい値段だが、食べておきたかった。

鳥のかわりに牛肉を使ったのを、他人丼という店もある。

「二十四の瞳」の映画で、大石先生が修学旅行先で、むかし教えた十二人のうちの一人が働いている食堂に行くと、その少女がガミガミ叱られている。そして、その直後に、調理場に「他人丼一丁」とその子がいうのが、何ともうまいシナリオの運びなので感心した。

牛肉といえば、牛丼は、つまり牛鍋を米の飯にのせたのだが、俗にこれをカメチャブと呼んでいる。カメは、明治になってから洋犬を、こういった。西洋人が「来い来い（カムカム）」といったからだ。その犬の食事のような丼というのも妙だが、その味は家庭の牛鍋の時、茶碗の飯の上に盛ったのと、ちがわない。上野の本牧亭という寄席の食堂の牛丼は、定評がある。

どんぶり百年

山本嘉次郎

根が下司なせいか、私は丼ものが好きである。うなどん、天どん、親子丼、カツドン何でもござれである。寿司のちらしは、丼ものとはいわないようである。うなどんも、以前は、うなぎめしと呼んでいた。

後楽園野球場の近くのめし屋に、うなぎライスと看板にあった。おそらく西洋皿に飯を盛り、その上にうなぎを置いたものであろう。やがて次第に丼物はすたれ、このようにライス化してゆくかもしれない。

昔は、丼ものは下賤な食いものだとされていた。江戸末期からあったうなぎめしは、めしを食うというより、熱い蒲焼を冷さぬための工夫なのであった。

私は、うなぎで酒を飲むときは、うなどんを取ることにしている。チビチビとゆっくり飲んでも、うなぎはなかなか冷めない。残った飯は熱い煎茶をかけて茶漬にする。

戦前、道頓堀のいづもやへ行くと、客は運ばれたまむし丼の蓋をしたまま、しばらく逆さまにしておいた。こうすると、底に沈んだタレが満遍なく飯に廻る。これは、あとで茶漬にするための用意である。茶漬に用いるようにと、焼塩の小皿が、かならず添えてあった。

去年の夏、いづもやへ行ったが、丼を引っくり返している客の姿は見なかった。この風習は、もう廃れてしまったのであろうか。

丼物は、明治時代に開発された。天どん、親子丼、それから関西独得の木の葉丼みなしかりである。カツドン、玉子丼、中華丼のたぐいは、昭和の作品であろう。

木の葉丼については、哀しい思い出がある。明治天皇が崩ぜられてのち、大正の初めに桃山に立派な御陵が成った。私たちの希望というより、むしろ父の命令といったかたちで、兄貴と私は参拝した。その桃山で、兄貴は掏摸に掏られたのか、あるいは落としたのか、二人分の旅費、食費、宿賃などの入ったガマ口を失くしてしまった。御陵の参拝で、外套を脱いで腕に引掛けたから、おそらくポケットからガマ口が滑り落ちたのだろう。

二人は京都駅前をウロウロと歩き廻った。朝から何も食べていなかった。私のズボンのポケットに小銭が三十銭ほど残っていた。これで腹を満たそうというのだから容易なことではない。

駅から大分離れた町角に、くずれ落ちそうな汚いうどん屋があった。二人は、ここなら大丈夫だろうと、おそるおそる入った。うどんや、そばではなく、とにかく米の飯が食いたかった。壁に貼られた品書を見ると、太いクセのある文字で、木の葉丼代十三銭とあった。腹が減っていても、それはうまいものではなかった。

それから何処へどのようにして泊まったか、どのようにして東京へ帰ったか、一切おぼえていないが、その後、半日か一日か何も食べなかった飢じさだけが、強烈な印象になって残っている。私の小学六年のときである。

天どんでは、天国のおばアさんが、名人ということで知られていた。天国はいま新橋の橋袂にあるが、震災前は木挽町の歌舞伎座の真裏にあった。

あの近所は、病院や事務所が多かったので、昼どきになると出前がよく出た。いまの天国の御主人のお母さんかお祖母さんか知らないが、元気そうな老人が、往来からよく見える店先で、キビキビと手早く天どんを作っていた。

ツユがグラグラと煮えている大きな鉄なべに、天ぷらをサッと入れて引上げ、次から次へと運ばれて来る丼の飯の上に、手際よく置いてゆく。

まるでベルトコンベヤーのように一刻も手を休める暇のない手捌きも見事だったが、天国の天どんのうまいのは、熱い天ツユをくぐらせるタイミングがいいせいで、ほかに真似手のない名人藝だといわれていた。

ちかごろ東京では「わかれ」というものが流行している。カツドンの上の部分と、下の部分、つまり飯とを別々に出すのである。すなわちトンカツの卵とじで飯を食うのである。しかし私は、あまり好まない。汁が御飯にしみないからである。飯に汁がしみるところが、丼物のよさである。だから丼物は下賤だといわれる。

丼ものの中では、私は親子丼が一番好きである。鳥と卵と海苔と三つ葉の香りが渾然として、蓋をとるときが、一番楽しい。

しかし、戦後はうまい親子丼に有りついたことがない。以前は親子丼は鳥料理屋か、ちょっとした料理屋で作るものであった。

赤坂に末広という大きな鳥料理があったが、ここから出前で持って来る親子が、大変うまかった。別にどうという細工はしてなかったが、材料を吟味して、ちゃんとした板前が入念に作ったせいだろう。

赤坂に伯母が住んでいた。末広の親子丼食いたさで、よく伯母の家に行ったものである。親子丼は、そばやの手に渡ってから、ガタンと味が落ちてしまった。今でも気の利いたそばやでは、丼物をやっていない。

親子丼は、オレが発明したんだと、チラリと父の口から聞いたことがある。そのときは大して気にもとめなかったが、あるときフト思い出して、丁度居合わしたサトウ・ハチローにそれを話したら、

「じゃカジさんは、親子丼の子というわけだ」

と冷やかされた。

父の商売は、煙草の製造販売であった。もちろん専売になる前である。煙草の製造販売はギャンブルめいた仕事なので、そのため宣伝に力を入れ、また交際も派手だったらしい。

毎年の大晦日には、汽車の一等車を借り切り、その椅子を外して畳を敷きつめ、幇間藝者を乗せ、お得意を招待して伊勢神宮に初詣をしたと母から聞いた。

専売となり、煙草屋をやめても、父には忘れ難いとみえ、親類縁者を集めて、このドンチャン詣りをしたことがある。そのとき私は小学一年ぐらいだったろうか、連れて行ってもらった。

米の相場師、株の仲買人、煙草屋等々の派手な連中が寄り集まり、料理研究会という会をつくり、各所を食い漁った一時があった。

その連中は、みなそれぞれ忙しかった。仕事をしながら簡単に食え、しかも、うまいものはないかと考えて、作り出したのが親子丼だということである。丁度バクチ好きのサンドウィッチ伯爵がサンドウィッチを考え出したとおなじ経緯である。はたして親子丼は、父が発明したのか、料理研究会の中の誰かが考えたのか、また多ぜいで、ああでもないこうでもないとディスカッションして得た共同著作物であるか、あるいは料理人に命じて工夫させたのか、つまびらかでないが、いずれにしろ、この料理研究会の生んだものには違いなかろうと、おもっている。

考えてみると、親子丼が近年ひどくまずくなったのも、道理である。肝心の鳥にしろ、玉子にしろ、そして海苔、三つ葉、すべて質が低下してしまった。それに米が、ひどくまずい。その上に醤油、味醂もいけなくなった。これでは、現在うまい親子丼を作ることは不可能である。そばやのせいではない。

親子丼は、明治とともに去るべきであった。いたずらに虚名を残して、老醜をさらすべきではなかった。

最後の食事

美濃部美津子

ちらし寿司の話からもわかるように、お父さんは丼ものが好きだったんです。というか、家族全員好きだったわね。

昔の人でとくに貧乏人はみんな好きだったのよ、丼ものって。だってごはんがいっぱい食べられてお得な感じがするじゃない。素早くササッと食べられる手軽さも江戸っ子気質には合うの、きっと。そんな時間かけてちまちま食べてらんないもの、何せせっかちですからね。

そりゃね、体裁のこと考えたら、お寿司だって天ぷらだってお皿にお行儀よく並んでるのを食べるほうがいいのかもしれない。けど、何より丼ものはごはんにつゆがかかってるところが魅力なの。ごはんにも味がついて美味しいのよ。だからあたしたち一家は丼もの好き。カツ丼も好きよ。ただお父さんは晩年になって歯を悪くしてたから食べませんでしたけどね。

好きだったのは親子丼。外でも食べたのかもしれないけど、ウチで作ったやつが一番好きだったと思うんです。

作り方はいたってシンプルです。とくに材料にこだわるわけでもないしね。鶏肉のささみを二、三本、そうね1センチ半くらいに切るの。長ネギも1センチ半くらいのぶつ切り。それをおだしを張ったなべに入れて煮るのよ。ぐつぐつ煮立ってきたところで、火を弱めてざっくりといた玉子を回しかけて。半熟くらいになったらごはんにかけてね。その当時は、お父さんもう歯が弱かったから、せっかく入れたネギも柔らかい部分は食べたけど、それ以外は食べにくいのか残してたわね。ええ、鶏肉もです。半熟味付け玉子かけごはんじゃないね、それじゃ。

でもお父さんが最後に食べたのも、あたしがこしらえたこの親子丼でした。

海鮮丼

西伊豆のづけ丼

吉本隆明

今年の夏も去年とおなじに西伊豆の土肥海岸に出かけた。泳ぎに出かけたと言いたいところだが、残念なことに脚力が回復せず、ただ水際の砂地を歩いているだけで、ひとが泳ぐのを眺めていた。医者の与えた検査の結果は、背骨の尻から数番目あたりの椎骨のあいだが歪んで神経を圧迫していることと、糖尿病性の神経障害の相乗作用だということだった。わたしの方からは、八十歳すぎのおばあさんのように、脚力が弱っていて、おもに気になる不自由さは、足の指先と足の底の感覚がにぶくなり、とくに足のふんばりが疲れると利かなくなったり、身体が前後に不安定になってしまうことだ。

医者は大病院ほど、日常の不自由さをどう回復するか、何をリハビリテーションとしてやったらいいのか、常識以上には教えてくれない。じぶんで工夫し、試みるしかない。泳がない(泳げない)ままに、ひたすら熱くなった砂地に足を埋めたり、歩いたりして過ごした。足弱になった老婆や、松葉杖の身障者の不自由さ、もどかしさを実感によって確かめたいというのがひそかな課題だった。こんな状態での唯一の解放感は、どんなもどかしく、苛立たしく、辛い感じでも、自分のペースで平静に歩く感じのなかにしかない。耐えよ、頑張れと心の中で言い聞かせても、知友たちに世話をかけるのを免れない。これは俄か足弱には心の負担になることをどうすることもできない。

ところで、もう一つ収穫と言えることがあった。土肥には海岸線近くを半島のつけ根の沼津から半島の先端近くの堂ヶ島のあいだを往復する快速艇の発着場と、土肥と田子の浦を往復するフェリーの発着場がある。誰かがフェリーの切符売場の二階にある食堂と休憩場をかねた場所で食べさせてくれる「づけ丼」というのは美味(うま)い、ぜひとも食べにいった方がいいと言う。出かけた者は異口同音の感じでうまかったという。わたしもリハビリがてらに出かけようとおもった。毎日ビーチ・パラソルを二つほど並べてシートのうえで買ってきてもらったノリ巻とか焼そばとかのパックで昼食をすませていたので、ぜひとも「づけ丼」の昼食にありつきたいものだとおもった。

自転車を引っぱって坂路をのぼり、迷ったりしてやや途惑いながら、フェリーボートの休憩所にたどりついた。

「づけ丼」と生ビールを注文する。「づけ丼」は三種あって、次のようなものだ。

1　かつをづけ丼
2　とんぼまぐろづけ丼
3　ミックスづけ丼

わたしが注文して食べたミックスの「づけ丼」の内容はつぎのようなものだった。

生かつを片（醬油づけ）
生とんぼまぐろ片（醬油づけ）

この二つを半々に丼飯の上にのせ、それに甘味（たぶんミリンと何か）とゴマを混合した醬油をかけたものだ。

わたしは東京浅草のすし屋で醬油づけのまぐろをのせた握りずしを食べたことがある。そして江戸時代には、まぐろのすしは、この醬油づけのまぐろの具をのせたすしだったという話を聞いた。格別生まぐろだけのすしより美味いとはおもわなかったが、たぶんまぐろを醬油につけておくのは、生まぐろの腐敗を防ぐ保存法だろうとおもった。

土肥の「づけ丼」は、まさにそれを特徴として、かける醤油味をミリンで甘くしているのだとおもった。

フェリーボートの食堂で出てきたミックスの「づけ丼」は、これにカニ味をだしにした味噌汁とおしんこがつき、それが終ると小さな丼に少量のご飯とかつをとまぐろ片と醤油味で、茶漬のお茶を注いでくれる。最後はお茶漬という趣向だ。

わたしはかつて西の方で、これ以上不味い名物の食べものはないとおもった茶漬けに出あったことがあったが、西伊豆土肥で食べた「づけ丼」と「づけ茶漬」は今まで食べた名物のうち、これほど美味しいとおもったものはないほど、美味だった。本年前半で食べた最も美味しい食事だった。

なぜこの「づけ丼」が美味いか。目立った理由はすぐ二つあげられる。ひとつは「づけ丼」の最終の味をおおきくきめている甘辛醤油の味と濃さが適切で、絶妙といえることだ。わたしには醤油とミリンとゴマの混合味しかわからないが、何かかくし味がしてあるかもしれない。もうひとつは味噌汁の味噌の味とカニのだしが惜し気もなく高度なことだ。

この「づけ丼」の後がわには、力量のある料理人がいるようにおもわれた。全体が長方形のお盆のなかにおさまっている完結感とひきしまった次元の美味とは、そういう推測をさせるものがある。また食べ方の工夫として言えば、「づけ丼」が食べおわったあとで、声をかけて呼んでくれればお茶漬け用のお茶を注ぎにゆくというやり方、わたしは近年これだけの簡潔で美味しい食べものを食べたことがなかった。

テレビの番組でこの頃よく俳優さんが、各地のよい風景をわたって土地の単純で素朴な料理を食べ歩くのがある。海べもあれば、山奥もあり、古い名所の都市の特徴を出した料理もある。あんなもの美味いはずがないとおもうような料理をまえに、美味いと言ってみせる表情と語調が、やや誇張されて伝わってくる。そして概していえば、こういう番組のモチーフは、複雑で高度になった味に慣れてしまったわたしたちの味覚に、原始的な生の味のよさを、再認識させるところにあるような気がする。プロの料理人の料理番組が、味の複雑さ高度な繊細さを競うようになった半面で、あまり手を加えずに生の素材の味をできるだけ露わにした料理にたいする欲求のようなものも、求められているのだとおもう。

味覚はおもに触覚の延長線で考えられる本質をもっているとかんがえられる。そして味つけやいろいろな種類のソースのたぐいは、生の食材の触覚にたいして、味の形と舌触りの感じの両方から、食材の触感をより繊細にしたり、味のヴァリエーションをつけるもののようにおもえる。料理に複雑さや繊細さをつけ加えるためのさまざまな工夫は、この見方からすると、どこまでも多様化してゆくにちがいない。だが結局は生の食材の味が料理の根幹だとすれば、できるだけ生のままの味を保つことが、美味ということに叶うものだという考え方もまた、いつまでもなくならないような気がする。

生のままの食材からそれを、焼く、煮るという処理法を見つけだしたことは、食生活の文明化の象徴だった。そして「漬ける」、「腐らせる」(無害のまま)という長期保存法が見つけ出されたことは、食生活の現前化、反覆に耐える加工法を見つけだしたことを意味する。これは未開、原始から未来まで貫かれる食材の永続化を見つけだしたことを意味する。納豆、魚のくさや、塩辛、梅ぼし等々。まぐろやかつをの「づけ丼」は、この系列に属する食べもので、すくなくとも生鮮魚類の醬油づけの保存法は、室町期以後くらいまで遡れるし、またこれからも存続できるとおもう。西伊豆土肥のフェリーボートの休憩食堂で食べた「づけ丼」は、その装いが原始性と現在性を丁度具えた醬油だしの甘味の適切さを、わたしの舌にのこした。脚力が回復したら、じぶんで作ってみたいとおもったりした。

丼めし

伊丹十三

辻留さんのお書きになった料理を、私は随分と片っ端から作ってみましたが、一番好評だったのが〝満足飯〟というのです。これは、料理というより、もう少し原始的な段階の魚の食べ方なので、これが一番好評だったなどというと、辻留さんは不本意に思われるかも知れぬが、ともかく旨い。

作り方は『御飯の手習』（辻嘉一著・婦人画報社刊）に出ていますから正式の作り方はそれを見ていただくとして、今、ここでは私流に変形した我流の作り方を述べましょう。

まず、生きのいい白身の魚を、思い切って大量、角切りに作る。大きさは、小指くらいの大きさでいいでしょう。これを、醤油と味醂と黒胡麻の漬け汁に漬ける。黒胡麻は、勿論、炒りたてを粗ずりしていれるわけです。

この漬け汁を丼鉢に入れ、その中へ魚の角切りを漬け込み、三十分ばかり経ったところで、卵の黄身を四つ五つポカポカとぶちこんで食卓に上せ、上せるが早いか、この鉢の中身をかきまぜて、炊きたての御飯にまぶしては食べ、まぶしては食べ、その豪快なる満足感は他に類を見ないのであります。これが満足飯。

実は、今日はもう一つ、新発見を用意したのです。

これは、残念ながら私の発明じゃない。私の師匠の発明であります。私の「子供を育てる上での師匠」の発明であります。師匠は、鹿児島を根拠地に、世界をとびまわっているお爺さんであります。古木俊雄といって、世界中の人人を仲良くさせるのが彼の仕事であります。

さて、師匠の発明した料理を、仮に〝ハマチ丼〟と呼びましょうか。私はハマチ丼を、師匠の経営するユース・ホステルで御馳走になった。

客がテーブルにつきますと、まず、大いなる器にはいった大量のハマチの刺身がドンと中央に置かれる。ついで、葱、揉み海苔、山葵（わさび）などの薬味が並び、めいめいの茶碗に炊きたての御飯がよそわれる。

この御飯の上にハマチの刺身を並べると、客は順次立ち上がって、テーブルの一端に行列を作る。テーブルの端には大きな鍋の中に蜆汁がぐらぐらと煮え立っておりまして、師匠の奥さんが、みんなの茶碗の上に、蜆汁をすくってはかけてくれるのであります。

煮え立った蜆汁でありますから、ハマチの刺身がたちまち白っぽく色を変える。客は、急ぎ自分の席に帰って、薬味を思うさまふりかけると、この熱い熱いハマチ丼をふうふう吹きながらかき込むのでありました。

満足飯もハマチ丼も、その豪放さ、おおらかさがなんともいえず心地よいのでありますが、共通の欠点が一つだけある。

どんなに自制しても、御飯を食べ過ぎてしまうのであります。

鉄火丼

林家正蔵

浅草の見番で小唄の稽古が昼の早い時間に終わる。〽うからうからと、月日たつのに、なしのつぶての沙汰なしは……と、習ったばかりの粋な文句をなぞりながら、浅草寺の境内を通る。仲見世の裏筋を抜けて、「紀文寿司」へと向かう。

長いこと気になっていた。祖母が贔屓にしていた「小柳」という鰻屋の近所で、まるでその店だけが変わり行く時の流れに逆らうがごとく、昔のままの佇まいを残していた。この老舗然とした造りがかえって敷居を高くしてもいた。意を決して暖簾（のれん）をくぐってみたくなったのは、ある雑誌の丼特集の写真を見たからだ。けっして派手さはなく、どことなく地味にさえ感じる塗りの丼。そこに盛られたマグロのヅケに、散らした海苔、本わさび、ガリ。一目惚れだ。一徹さにピンときた。

人混みをかわしながら、店の中に入ったのはお昼の十二時十五分。つけ台の中には、ご主人と息子さんとおぼしき職人さんが仕込みの最中。喉が渇いたのでビールを注文した。一杯ぐびりとやると、ご主人が「どうぞ」と出して下さったのが赤貝の肝。今まさにさばきたてのもの。旨い。心遣いがさらりとしているのが嬉しい。また肝を和えた醬油がべらぼうにいい。こりゃマグロのヅケが一段と楽しみだ。品書きに「ハマグリの吸物・時価」とあるのがとても気になる。鉄火丼を注文の折に、野暮を承知でおそるおそる値段を尋ねると、「ハマグリの大きさにもよるが、八〇〇円ぐらいです」とのこと。以前浅草のグルメ本に、口うるさいライターが実によしと評していたので、たまの贅沢とお願いする。

丁寧な仕事ぶりのヅケの色香に酔いしれ、大きな横綱級のハマグリが一枚入った吸物に感動した。平日とあってか店には私ただひとり。するとご主人が仕込みの手を休め、「師匠、先代の稲荷町の師匠（林家彦六）も、（古今亭）志ん朝師匠も、高座の前にふらりと寄られたんですヨ」というではないか。その一言で鉄火丼のありがたみがうーんと増した。

いい塩梅に腹もいっぱいになり、「また伺います」と挨拶して表へ出る。明るい陽射しが照りつける。まるで『異人たちとの夏』のような心持ちになって、古本屋へと向かった。

アナゴ丼

檀一雄

アナゴという魚はけっして高級魚ではない。一〇〇グラム一体いくらぐらいのところか、くわしくたしかめたこともないが、私のところの、五、六人家族で、お腹いっぱい、アナゴ丼をつくって食べて、その材料のアナゴが、せいぜい三、四百円といったところだろう。

アナゴもまた安くて、美味な魚の一つである。

しかし、アナゴをおいしく、軟かく、香ばしく、仕立て上げることはむずかしくて、とても、素人では、寿司屋さんのあんばいに、材料を厳選し、うまく調理することは覚束ない。

私達は、たとえば神戸の「青辰」さんのように、一本えらびにえらびぬくことなど、到底できっこない。

冷凍ものだろうが、何だろうが、魚屋の店先に並べられているアナゴが、もし頭でもくっついていたら、めっけものの方で……、そういう素人の、まことに素人向きな料理をつくって、当りはずれのないように、私はここに檀流アナゴ丼の秘伝（?）を公開しよう。

今も申し上げた通り、アナゴは開いてあっても、なるべく頭つきのアナゴを買って来る。

その頭や、シッポの先の方を切りはなし、全体をウナギの蒲焼の時みたいに、二、三片に切る。ここで素焼をするわけだが、いつもの通り、ガスレンジの両端に煉瓦を置き、火の真上には鉄板を敷いて、直火をさえぎるようにしながら、素焼にするにこしたことはない。

さて、頭やシッポの方が焼けてきたら、これを手鍋に入れ、醬油、みりん、酒などで、ダシをつくる。醬油や、みりんや、酒などの割り合いは、どうだって好みのままでよいので、色つや美しく、少しは甘く仕立て上げたかったら、みりんをふやしてみればよい。サッパリとしたかったら、みりんや酒をへらせばよい。

煮つまってきたタレを刷毛でぬりつけながら、アナゴの切身を、コンガリと、蒲焼のふうにあぶりあげる。

そこでドンブリを用意しよう。

ドンブリの底にご飯を少し敷き、そのご飯を刷毛でならしながら、一、二片の焼き上げたアナゴをならべる。その上に、またご飯をのせて、刷毛でよくご飯をならし、平らにし、今度は、二、三片のアナゴをならべて、その上にもう一度、薄くご飯を敷く。つまり、ご飯の間に、サンドイッチされた二重のアナゴがならんでいるわけだ。この時に、ご飯を余り押えつけるとまずい。タレの刷毛で、チョボチョボと押えたら、タレを塗りつけたりするような具合にやるのがよい。

一番上辺には、ご飯がのっているから、直接、アナゴは見えない。

さて、このドンブリを蒸器にならべて、しばらく蒸すのである。余り長く時間をかけると、アナゴがふやけるし、程よい時間が大切だ。さあー、十分か、せいぜい十五分。

蒸し上がったドンブリの上に、錦糸卵を散らし、その上に、好みでは、もみノリでもふりかけたらどうだろう。

私は、アナゴの頭でよくダシのとれたタレを薄め、ササガキゴボウを一瞬煮しめ、これを錦糸卵の上にのせて、食べるのが好きだ。ゴボウの匂いと、アナゴの匂いが、からみ合うところが、おいしいのである。

ドンブリ大行進

椎名　誠

サンマ丼というのがあるのを知ったぞ。

酢飯の入った丼の上にサンマを刺身状に細かく切ったのをばらまき、さらにわけぎの小口切りにしたやつをまんべんなくばらまき、ワサビで食うの。

マグロ丼（鉄火丼）があってカツオ丼（銀火丼）があるのだからサンマ丼があって何の文句があるのだといっている。はい文句ないです。

サンマ寿司は秋に東北の岩手あたりにいくとある。季節寿司ですな。サンマの握りはそう何十個も食えるものではないから、このサンマだけが全面的に展開するサンマ丼はまあ一種の賭ですね。くどかったりしつこかったりしたら、そのくどかったりしつこかったりするのが丼いっぱいぶん続くのである。

しかし安心してほしい。これがうまかった。青魚（あおざかな）の丼はイキオイが勝負である。したがって途中でビールなど飲まないほうがいい。食うとなったら一気に行く。人生のことなんか考えたりしていたら駄目だからね。明日の金策なども考えないように。

生魚の丼はほかに何があるだろうか。イワシ丼はあまりにも身分が低いな。ヒラメ丼は自分で作ったことがあるけれど味があっさりしすぎて駄目だった。白身魚は刺身が余ったときにヅケにしておいて翌日丼にして食うとなかなかいい。ヅケは鯛とかヒラメなどが下品な味になってそれが安心感を呼び起こす。もちろんマグロ、カツオもいい。どこかの飲み屋でヅケ丼がメニューにあったのを見たぞ。

魚介類の丼ものはショーユ系のもので少し加工してあるほうがうまい。鰻丼などがその代表。

ぼくはアナゴ丼のほうが好きだが、名古屋のひ、つ、ま、ぶ、し、は鰻丼の王者だろうなあ。最初は語感がなれないのでひまつぶしと読めて仕方がなかった。

最近は釜まぶしというのを食った。鰻丼の釜飯というあんばいである。お焦げまでうまいんだからエライ。

この頃いい歳をして天丼に改めて目覚めてしまった。何を食っても太らない体質なのでうまそうな天丼があると躊躇しない。

天丼は老舗のいい魚や海老などを使った本格的な「どうだまいったか系」もいいが、

ぼくはどちらかというと学生街なんかにある定食屋の小アジだのイカだのかき揚げだのがごしゃごしゃと貧民窟状態になっているのが好きだなあ。

こういうのには海老天などは間違っても入っていない。もしかすると魚の餌のオキアミのかき揚げじゃないかというようなのもあるがけっこう味が濃くてよいのだ。

家で天ぷらを作ると翌朝残った天ぷらを煮てタマゴとじにしてそれを丼にのせて食うのもなかなかいい。オフクロの味であった。

天丼で一番高級なのはふぐ天丼である。これはふぐの淡白な味にあぶらと衣が執拗にからまったところに、ちょっと拗ねたようなタレをひらりとかけて食うと「あはーん」と身をよじりたくなるほどうまい。これは秋の初めの頃に食べられる東京湾のハゼ釣り船の揚げたてハゼ天丼といい勝負である。どうしてこんなにうまいのかむこうのお山のふもとまでどちらがうまいか食べ比べ、というくらいにうまい。

天ぷらと同じく、家でカキフライを作ると翌日その残ったカキフライをタマゴでとじてミツバなんぞをあしらって食う。あまりのうまさにそこらのヒトを殴りたくなるほどだ。殴っても「今カキフライ丼を食ってたとこなので……」と言えば誰でも許してくれる、わけはないか……。

丼はゆうべの残り、というのがひとつのキイワードで、たとえば牛丼などはもともととは前の日のスキヤキの残りを丼にのせたのが始まりだという。

下品で簡単なのがヨイのだ。

チゲ鍋の残りを丼めしの上にのせて食う、なんていうことはキャンプの折りによくやる。これが二日酔いにいいんだ。ゆうべのチゲ鍋がカラになってしまったときなどはキムチをそこらにあるありあわせの、たとえばネギとエノキ茸なんかと一緒に油でがーっと炒めて丼の上にのせると隣にいるやつの肩なんかに思わず噛みつきたくなるくらいうまい。

事実韓国ではサラリーマンやＯＬが朝の時間がないときに手早くすます朝飯はこのキムチをごはんと一緒に炒めて食うのが最も多い、と韓国の人に聞いた。キムチチャーハンというわけだ。韓国はなんでもごはんにまぜてしまうからね。

日本は何でも上にのせてしまうのでドンブリ国家になる。

この手の残り物系発作的丼には人知れず伝わっている名作がある。

ランダムにあげていくと①肉じゃが丼②マーボードーフ丼③焼いた塩ジャケと大根オロシをショーユでからめたのをのせた丼④キンピラゴボウ丼⑤茄子とピーマンの甘味噌炒め丼。

もっと簡単なのでは、冬の寒い朝、炊きたてのごはんに白菜漬けと焼きのりのパリパリしたのをまんべんなくのせて、ショーユをさっとかけ、ワーッといいながら食ってしまうやつ。

学生の頃は下宿さきで、キャベツとカツオブシを油でさっと炒めたのを丼にしてワーッと言いながら食ってしまうのも好きだった。

「あれも食いたいこれも食いたい」の東海林さだおさんからはその昔、しそバター丼というのを教えてもらった。バターを（それもけっこう大量に）フライパンの上に溶かしてそれで青じそを炒めてショーユをかけてワーッと言いながら食ってしまう。

このあたりどれも「ワーッ」と言いながら食ってしまうのがコツでつまりイキオイの丼というわけである。逆にいうとごはんがさめてしまったり、空腹のイキオイがなくなってしまうと困る丼なのである。

こういうのと対極にあるのが、観光地などにある海の幸丼のようなもの。まあ北海道のウニとイクラをのせた「うにくら丼」まではいいがここにシャケやほたてやツブ貝、ホッキ貝などをのせて丼だか鍋だかわからないようなものを出す店があるが、あいうのは概してわけのわかんない味のままはじまってわけのわかんないまま終わってしまうものなのである。

丼の都、築地

福地享子

丼における築地デビューは、「瀬川」の〝まぐろどんぶり〟。かれこれ11年近く前、築地へ通い始めた頃のこと。

まだ築地4丁目にあった時代で、当時、まぐろ丼だけで勝負していたのは、ここ一軒きりだった。屋台もどきの佇まい。作り手は、寿司職人の白い制服を凛と決めた女性。醤油に濡れ濡れと光るまぐろをヒラリヒラリと寿司飯にのせていく手並みが、なんと美しくも食欲をそそる光景に見えたことか。

市場のざわめきを背に、横目で隣の男をチラリ見れば、足元に、はち切れそうな仕入れカゴ。いわずと知れた市場の買い出し人だ。その食べっぷりときたら。お茶をガブリで深呼吸一つ。あとはもう鼻先を丼に突っ込み、ザックリかっこみかっこみ、お茶をズズッで「ゴッソサン」の言葉も終わらぬうち姿を消した。あっぱれ、丼の王道。

私、称賛の嵐。

こうして私、築地ドンブラーの端くれとなった。いえ、ドンブラーとは、丼をこよなく愛するひと、の意味でして。

そして、見渡せば、築地はドンブラー天国。市場を背景に、そんじょそこらじゃ見かけぬ丼にもありつける。たとえば場内名物、「天房」の〝芝エビ穴子天丼〟。江戸の芝浜で獲れたゆえ、その名がついた愛らしい海老が、ピンと尾っぽをたてて、飯のうえに大行列だ。

ホッコリ煮あげた穴子に山葵を添えて丼に仕立てているのは「高はし」の〝スーパーあなご丼〟。お昼前なのに、若いおかみさんの「あなご丼、ヤマでーす」と厨房へ通す声を何度聞いたことか。ヤマとは、おしまいの意味。早々に売り切れ、も納得のドンブラー垂涎の味である。

いずれも初手に、そして今も、わが丼道のベースとなっている味たちだ。

ところで話変わって、ここで歴史的ドンブラーに登場願おう。江戸の芝居町の興行主、大久保今助さんだ。

今助さんは、当時、大流行の蒲焼が大好物。ところがなにかと忙しく、食べに行くのもままならぬ。出前させても、冷めちまう。それならばと、熱いご飯に蒲焼を埋めて、届けさせたのだ。

このうなぎ飯、あっという間に江戸市中に広がり、あちこちのうなぎ屋で「丼うなぎ飯」の看板が見られるように。リーズナブルな価格も、うけたらしい。

この今助ドンブラーの偉業は、その後の丼界の基本路線となっていく。

明治期に人気のしゃも鍋屋が、卵でとじて親子丼を売り出す。文明開化の申し子として牛鍋が流行れば、それをぶっかけて牛飯に。大正期に入れば、ハイカラ洋食からかつ丼だ。いずれもご本家は、庶民にゃチト手の届かぬ存在。それが丼となり、すそ野を広げていったのだ。

親子丼、牛丼、かつ丼と、この肉系3つは、築地でも伝統の丼。なにせ肉体労働、魚は商売モノでイヤというほど口にしている。やっぱ肉、なんですわ。

今、市場のリーダーとなった皆さんに若き日の丼話を聞けば、必ず出てくるのが「吉野家」の〝牛丼〟。世界の吉野家も市場が発祥の地なのだ。

「子どもの頃、オヤジに市場で食わせてもらう牛丼。いちばんの御馳走だった」

「鍋前が名人で、オレらの勝手な注文も『あいよ』ってなもんで、杓子で牛をすくう技、惚れ惚れしたねえ」

「昔は脂身を抜く注文は、トロ抜き。市場らしいだろ。ツユだくとかさぁ、アレ、全部、オレらが言いだしたこと」

とまぁ、話題は尽きない。

そもそもが築地の丼は常連御用達。ツユだくなんぞの変化球は、家族的な親密さの産物である。いやいや、変化球は、さらに丼の変容までうながした。

かつ丼を、かつ煮と飯に解体した〝あたまライス〟が名物の「豊ちゃん」。解体の背景には、仕事を終えた市場ドンブラーのしみじみとした至福があった。

あたまライスに欠かせぬは、ビール。まずはビールをクイッ、で、肴にだし色に染まったかつ煮の卵を一口、で、ビールをクイッ。お供にスポーツ新聞あらば、もう誰にも邪魔されぬ世界。クイッ、で、一口と続くうち、ふっと頭をよぎるは、明日の魚の相場予想。かつ煮はすでに半分終了。さぁ、飯だ。気分一新のためには、解体がどうしても必要でしてね。

肉体派向け変容は、場外の「大森」か。ここは牛丼とカレーの〝合がけ〟が売り。なんたる破天荒な交わり！　と思いきや、うちの店の賄いがカレーの日、若い衆はテイクアウトの牛丼にカレーをかけてパクついておる。あぁ、すばらしきかな、肉体労働よ。リベラル＆ラジカル、市場の丼は、どこまでも自由奔放なのさ。

そして今……。実は市場ドンブラーが姿を消しつつある。変わって、勢いにのっているのが全国からの来訪ドンブラー。となれば、食べたいのは魚!! そんなわけで、場内、場外ともにこの3〜4年、海鮮系丼の店、あちこちに。

行列ができる丼の店筆頭は〝海鮮丼〟の「仲家」だろう。まぐろ、いくら、うにと、海鮮丼必須アイテムの単独丼。そして2つ3つの組み合わせもあれば、さらに海老や白身に貝も加わり、イケイケドンドン、酢飯のうえに、市場直送のタネがてんこ盛りだい。

隣の、定食屋さんだった「江戸家」も、今や〝海鮮丼〟の店。その隣、市場のダンナ衆の寿司屋、「弁富」も、メニューに〝海鮮丼〟。軒を連ね、競う様子は、不況もなんのその。

迎え撃つ(?)場外は、海鮮でもひとひねりの新技で勝負だ。たとえば、「築地虎杖」グループの〝海鮮ひつまぶし〟。海鮮を彩りよく配した丼は、まずは刺し身で味わい、散らし寿司として食べ、しめくくりはだし茶漬けと、3度の美味が堪能できる仕掛け。

さらにトレンド驀進中が、炙り丼。うにと真鯛をあえた炙り丼、金目鯛の炙り丼なとなど。いいトコついてます、これ。魚は、炙ることで、香ばしさはもちろん、魚の味そのものも際立ってくるのだから。「築地青空三代目hafu」の〝大トロ炙り丼〟は、さっと炙った大トロを、卵の黄身であえて、というお贅沢だ。

冒頭の高はしのおやじさんが、言ってましたねぇ。

「丼は楽しいよ。うにうまいタレ合わせて、丼にしたいねぇ。小柴のシャコが復活したら、シャコ丼。それから……」

怒濤のごとく必殺味があふれ出る。

白飯というおおらかな受け皿あれば、丼の可能性は無限大。早くも次のトレンド丼、待ち焦がれておりまする。

玄界灘の魚介を豪快にかき込む!

安西水丸

博多で海鮮丼を食べませんか、というお誘いだったので出かけることにした。もともと魚介は大好きだし、お誘いには〝さざえ丼〟などとあったので、これはたまらないとおもった。

しかしよく考えてみると、丼というのは結構ヘビーである。そうとうな空腹状態ならかっ込むのだが、一杯食べたらそう続けては食べられない。元来大食のほうではない。特にこのところ食が細くなっている。猛獣使いだって、檻のなかでショーをするときは、トラやライオンを満腹状態にさせておくという。人間だって猛獣だって、満腹は辛いのだ。

まあそんなことはともかく、ぼくは博多には友人が多い。博多に行くとみんなが集まり歓待してくれる。豪快に酒を飲み、お祭り気分で盛り上がる。彼らの歓待ぶりを見ていると、それがそのまま海鮮丼に結びついていくような気がする。まさに玄界灘の魚介を使った海鮮丼といった感じだ。

ちなみに玄界灘は、西は対馬海峡、壱岐水道に連なり、冬季の風波の激しさは半端ではない。このあたりの魚介の美味しさは、この荒波で鍛え抜かれた賜物なのだろう。

〝さざえ丼〟を食べに玄界灘に臨む志賀島へ

博多は快晴だった。まずは〝さざえ丼〟で知られる志賀島（しかのしま）の「中西食堂」へと車を走らせた。

志賀島は西の糸島半島と博多湾を画する海の中道（なかみち）の先端にある。周囲約11km、最高点は潮見公園（標高165m）だが、最近起こった地震のため通行止めになっていた。この半島、もとは孤島だったらしいが、砂地の発達によって陸続きになったのだという。またここは、中学のときの日本史に出てきた「漢委奴国王印（かんのわのなのこくおうのいん）」の出土地としても知られている。

「中西食堂」は元気のいいご婦人3人で切り盛りされている。3人ともに、今はK－1戦士になった元横綱、曙関の大ファンらしく、店内には曙関の写真が飾られていた。それだけではなく、〝曙丼〟なるメニューまであった。

昼時で、ぼくのお腹はさざえ丼を食べるにはちょうどいい具合だった。さざえ丼は採れたての（まだ生きていた）サザエを一度殻ごとボイルしてから薄く切り、それに小海老やワカメを加え玉子でとじたものだ。まあ親子丼のサザエ版とおもっていただければいいが、そこは新鮮なサザエを使っての丼だから格が違う。特製のだし汁も使っており、出来たてをかっ込むときの気分はたまらない。うまいのうまくないの（この場合、先の言葉が優先する）、磯の香りが顔全体を包み込む。サザエを刺身にしても出していただいたが、ほんのりとした甘さがあり、おもわずビールを注文してしまった。

余談だが、ぼくは子供の頃、南房総（千葉県）の千倉で暮らしていたことがある。海女にいただいたサザエをよく食べたが、あのあたりのサザエにはちょっとしたほろ苦さがあった。そんなことを思い出しつつ、さざえ丼に集中した。いやあ、ほんとに美味しかった。ぜひ「中西食堂」へ食べにいってみてください。お店の方たちも、とても気持ちのいい人ばかりでした。

隠れ家風の居酒屋で絶品の〝うに丼〟と出会う

志賀島の観光をしてから市内へと戻ることにした。漢委奴国王印の出土を記念した金印公園の石段の下で、縄に吊されたイカが売られていて、その後方に博多湾が広がっていた。ぼくはこんな風景が好きだ。志賀島の名前は、鹿の島からではなく、近い島というのが、つまりチカシマがシカシマと訛り、シカノシマになったのだという。

陽が傾いて、つぎの目的地、「隠・台所　久岡家」へと向かった。この店は、天神から中洲へ向かう通りから少し細い路地に入った袋小路のようなところにある。東京のゴールデン街ではないが、要するに飲み屋横丁のような場所にあって、これはちょっと見つけにくい。名前のとおり、まさに隠れ家風の居酒屋だった。ぼくはどうもこういった場所に弱い。弱いということは好きだということだ。

主人は鹿児島出身、つまり薩摩隼人である。とてもいい笑顔をしていて、この店は流行るだろうなとおもった。店内のチームワークもいい。

まず〝いか納豆丼〟をがつがつ食べた。イカはもちろん玄界灘は鐘崎産のミズイカを使っている。水丸にとってミズイカは親戚のようなものだ。細かく刻んだ大根の漬け物がこりこりといいアクセントになっている。ここの丼のご飯は九穀米を使っており、米のほかに、大麦、はと麦、裸麦、モチ粟、モチ黍（きび）、蕎麦、赤米、黒米、黒胡麻が入る。おこわのようなコシがあって、上にのる魚介の味をよく引き立てている。

続いて〝ごまあじ丼（玄界灘の釣りもの）〟〝ごまさば丼（五島列島産）〟〝煮穴子丼

（対馬産）〃〝うに丼（唐津産）〃を少量ずつ食べた。

博多の海鮮丼の特徴は胡麻醤油を使うことで、これはそれぞれの店でつくり方が違うらしい。なかには企業秘密になっている店もある。

ここの胡麻醤油は、福岡産の甘めの濃口醤油に日本酒、味醂を合わせた刺身醤油を用意しておき、注文ごとに擦り胡麻を加えてつくるという。小ねぎと大葉も欠かさず入れている。

博多に限ったことではないが、九州という土地は魚介だけでなく美味しい食材が豊富だ。胡麻醤油ではないが、それらの食材に対していろいろ独特な工夫がされている。さらにこの土地には焼酎の存在がある。九州の料理と本格焼酎の相性はとてもいい。羨しいことである。

志賀島の浜辺で漁師だという老人と話した。サザエは、船の上で採れたてのものを金槌で割ってそのまま食べるのが一番だと言っていた。同感だった。これもまた羨しい話であった。

「隠・台所　久岡家」で食べた丼はどれもうまかった。いか納豆丼も絶品だったが、特に唐津産のウニをのせたうに丼の味は忘れられない。こんな丼がひっそりとした横丁の店で食べられるのだから、博多の人たちは幸せである。博多っ子の気持ちのよさは、こういった美味を食しているところから出てくるのではないかなどとおもった。

　夜は数軒の居酒屋をはしごした。いい店がたくさんあり、どこも若い経営者が頑張っていた。気分よく酔って眠りについた。

焼酎によく合う胡麻醤油の味つけ

　翌日、最初に出かけたのは、季節の魚介を使い、刺身、焼きもの、煮付け、天ぷらと、素材のよさを生かした日本料理を堪能させてくれる店「博多 田中田」だった。主人は北九州出身ということで、玄界灘の魚介を知りつくしている料理人だ。長身で男っぽく、見るからに玄海育ちといったところ。厨房に立つ数人の若い料理人たちも実にきびきびしている。

　初めに出てきたのは〝うにとろろ丼〟で、ウニととろろという組み合わせが意外だったが、これに主人特製の胡麻醤油をたっぷりかけて食べると、頬っぺたがきゅーんと痛くなるほどの美味しさで、もうひたすら無口になってしまった。がつがつとかっ込んだ。

　食が細くなったと前述したが、そんなことは言っていられないうまさだった。唐津産のウニととろろが、胡麻醤油によって絶妙な味わいを醸しているのだ。昼間だというのに、つい焼酎が欲しくなり、所望してしまう有様であった。取材そっちのけで飲んでしまった。つくづく、こういう仕事に向いていないとおもった。〝鯛丼〟〝博多丼〟〝とろ鉄火丼〟〝ごまさば丼〟〝田中田丼〟〝ぜいたく丼〟と続いた。

鯛丼は、玄界灘は津屋崎産の鯛をたっぷりと使い、これも胡麻醬油で食べる。うまいなんてもんじゃない（うまいんです）。博多丼は、ヤリイカ、サバ、生ウニの三色に博多名物の明太子と、緑あざやかなオクラがのっている。博多祇園山笠のように賑やかである。これは今回の取材のために主人が考案してくれたもの。そういえば、以前ぼくは青山の寿司屋で辛子明太子とカイワレをいっしょに巻いてもらって、それを〝九州どうし〟と呼んでいた。つまらないことを思い出してしまった。

とろ鉄火丼は、この日はカナダ産の生マグロを使用。脂がのっていて美味で、見かけも抽象絵画のように魅力的だ。これも胡麻醬油で食べる。

田中田丼は凄まじい。とろろの上にその日の魚介10種類をのせた名物料理だという。トロ、イカ、ウニ、アジ、平目、甘海老、タコ、鯛、カンパチ、イクラ、それにオクラが加わる。胡麻醬油をかけまわして食べるのだが、こういうのは誰が注文するのか。まさに博多っ子気質だろう。ぜいたく丼は名前のとおり、トロ、ウニ、イクラと、文句なしの三役揃い踏みである。

「博多 田中田」の米はミルキークイーン（福島県産）で、甘くむっちりとしていて、魚介とよく合っていた。

主人が胡麻醤油のつくり方を実演してくれた。

まず煎り胡麻を擦り鉢で擦る。すばやいすりこ木さばきだ。そこに練り胡麻を加えてよく混ぜ合わせる。福岡の甘い濃口醤油と味醂を少しずつ加えながらさらにすりこ木でよく混ぜ合わせる。一度にたくさんの醤油と味醂を入れると胡麻と分離してしまうのでそのあたりがコツである。

最後は鮮魚市場内の定食屋で気持ちよく満腹に

やや満腹であったが、次の店、福岡市の鮮魚市場内にある「福魚食堂」に向かった。この店の佇まいはまさに定食屋。ぼくはある雑誌で東京の定食屋めぐりをやっているが、博多という町にはこんな定食屋があるところが羨しい。開店して8年だという。

ぼくが食べたのは〝かんぱちうに丼〟。これも考えてみれば贅沢な丼だ。胡麻醤油をまわしかけて、満腹と言いながらもかっ込んだ。こんな丼が850円だからたまらない。昼下がりだったので客は少なかったが、ランチタイムには行列ができるらしい。

鮮魚市場内にあるので、営業時間は早朝4時から14時。さらに18時から翌朝4時まで開いていて、しかも酒が飲める。深夜お腹が空いたら駆けつければいいわけだ。

そのほかの丼も〝海鮮丼〟〝まぐろ山かけ丼〟〝いかイクラ丼〟〝鉄火丼〟〝ねぎとろ丼〟とあり、ほとんどが800円台だからうれしい。

いやあ、食べた食べた。美味しかった。博多はいい。魚がいい。だから人もいい。

やっぱり博多だ。海鮮丼だ。楽しかった。

いくら丼

いくら愛

角田光代

秋になると魚屋の店頭に不思議なものが並ぶ。私はずいぶん長いこと、これっていったいなんだろう、とその不思議なものをじーっと眺めていた。

生いくら、と書いてある。たしかに私の知っている、あのつややかで美しいいくらとは違う。すじこと似ているが、すじこほど身がしまっていない。魚の腹から今さっき取り出したばかり、というような状態のいくら。

はて、これはいったい何に使うのだろう……。生のいくらを煮たり焼いたり、何かほかの素材と組み合わせて炒めたり、するのだろうか。

長らくそんな疑問を抱き、魚屋の店頭で生いくらをじーっと見つめていた。

生いくらから、いくらの醤油漬けを作るのだと知ったのは、ほんの三年前。私のよく知っている、あのつややかで美しいいくらを、自分で作ることができる！

いくらといえば私の大好物である。でも、売っているものは、ちょこっとした容器に入ったちょびっとのいくらで、しかも高い。しょっちゅう買う日常食とはとても思えない。でも、生いくらから自家製いくらを作れば、値段も安いし好きなだけ食べられる。うほー、と思った私はさっそく作り方を人に訊き、生いくらを買って、いくらの醤油漬け作りに挑戦した。

まずボウルにぬるま湯を用意して、そのなかで生いくらをほぐす。透明の袋に包まれている生いくらをほぐしていると、幼少期、蛙の卵で遊んだころを思い出す。触感がじつによく似ているのである。かなり乱暴にほぐしても、いくらの粒はつぶれない。

生いくらをほぐしたら、醤油タレを作る。出汁、味醂、酒、醤油を火にかける。それが冷めたらほぐしたいくらを漬けるだけ。一晩たてば、魚の腹から取り出したばかりの生いくらが、あの、つややかに美しいいくらになっているのである。

自分で作れば味の濃さも調節できるし、醤油タレにわさびをといて、わさび風味のいくらもできる。何より、できあがる量の多さがうれしい。

ふだん、肉、肉とばかり言っている私であるが、じつはいくらやたらこといった魚卵は、ものごころついたころからの好物なのである。

幼いころ、私は好き嫌いが多かったばかりでなく、食べ方がまるで酒飲みのおっさんであった。おかずとごはんをいっしょに食べない。酒も飲まないのに、まず好きなおかずだけ散らかすように食べ、そのあとごはんでシメるのである。しかし白いごはんだけでは食べられない。そこでふりかけやたらこといった「ごはんの友」の登場となる。

私の母は、おそらく成長期と戦中戦後が重なっていたせいで、食べものにたいへんな執着があった。戦中戦後の食糧難を経験した大人には、食べものを粗末にするな、ぜったい残すなと言う人が多いが、母はそうではなく、「好きなものしか食べないでよろしい」という考え方になったようだ。だから私が何を残そうが、酒飲みのおっさんのような食べ方をしようが、まったく文句も言わなかったし説教もしなかった。そればかりか、おかずだけ最初に食べて、最後に白いごはんを食べる私のために、ごはんの友を常備してくれていた。

しかしさすがに、いくらは常備されていなかった。せいぜいがすじこである。いくらは、鮨屋(すしや)のにぎりに入っているとくべつなものだった。私はにぎりを食べる際、いつもいくらをいじましくとっておいて、最後に食べた。あのぷちぷち。さりげないねっとり感と、高貴なしょっぱさ。

大人になって、ひとり暮らしをはじめても、いくらは私にとってとくべつなものであり続けた。新米を人にもらったりすると「よっしゃ」といくらを買ってきていくら丼にするが、やっぱりしょっちゅう買うようなものではない。ずいぶんと安いいくらもあるが、安いいくらはなんだか偽ものの味がする。ねっとり感と粒と中身の密着性が、なんだか偽ものっぽいのである。

外食の際も、「いくら丼」という文字を見ると、胸の奥が奇妙に興奮し、注文せずにはいられない。私は心底いくらを愛しているのだろう。

そのいくらを、自分で作れるなんてなんとすばらしいことか。長きにわたって魚屋に並ぶ生いくらをじーっと見てきたことが悔やまれる。もっと早くに買って、作ればよかった。

秋、私は何度も何度もいくらの醬油漬けを作る。冷蔵庫に、輝くルビー色のいくらが入っているこのしあわせ。食べ過ぎると、ちょっと胸焼けするけどね。

母のイクラを食べさせたい

渡辺淳一

関西はおろか東京の鮨屋(すしや)でも、わたしはイクラを食べることはほとんどない。

たまに出前をとって、なかにイクラが入っていると、他の人にあげてしまう。

ごくごく稀(まれ)に、鮨屋で軽くつまんだり、料亭の料理のなかにイクラがでてきて箸(はし)をつけることもあるが、好んでというより、いったいどんな味なのか、試してみようといった気持ちのほうが強い。

なぜ、これほど一般のイクラに冷淡なのか。

その理由はただ一つ。

毎年、母がつくってくれる絶品のイクラを堪能するほど食べてきただけに、他のところで出されるイクラを食べる気がしないからである。

たとえ銀座の一流の鮨屋のイクラでも、母の手でつくられた、安くて旨(うま)いイクラにはかなわないと信じているのである。

母の味を褒(ほ)めると、往々にして、それは長年、その味に舌が馴染(なじ)んだせいだといわれてしまう。

要するに、味覚的にローカルで、それしか受け入れられなくなった結果だ、というわけである。

さらには、母の味に固執するのは、マザコンの裏返しだ、という人もいる。

たしかにそういう面もあるかもしれないが、それでも「旨いものは旨い」としかいいようがない。

とくにイクラのようなものは、漬けものや煮もののように、その土地独特のつくり方で、長年育(はぐく)まれてきた、といった類のたべものではない。

鮭(サケ)の卵をバラして、醤油(しょうゆ)味にひたして食べる。ただそれだけのことである。

公明正大というか、ありのままというか、伝統の味、といったものには程遠い。

したがって、ことイクラに関しては、たとえ母の味といっても、かなり客観性は保たれていて、誰(だれ)でも同じ立場から賞味しうる。

だがそれでも、母のつくったイクラは旨いのである。

お前、そんなことをどうして断言できるのか、と疑う人には、次のように答えるよりない。

母のイクラを食べた人は、友人も、編集者も、親戚（しんせき）も、そして東京の鮨屋の職人も、みな同様に「美味（おい）しい」といってくれる。

それは、当の息子が目の前にいるからだと、冷やかす人もいるが、わたしの担当編集者はそうお世辞が上手なわけではない。

それより、母のイクラをある鮨屋の職人に食べさせたら、その男があとでわたしに囁（ささや）いたのである。

「あれ、うちの店で仕入れるわけにはいかないでしょうね」

母の手一つでつくっているのに、そんな大量生産などできるわけがない。そういうと、彼はさらにつぶやいた。

「じゃあ、一寸（ちょっと）、つくりかたを習いに行こうかな」

この職人の実技講習は実現しなかったが、某新聞社文化部のK氏は、わざわざ札幌（さっぽろ）の母のところへ行って、手ほどきを受けた。

おかげで、彼のつくり方は母のやり方をほぼ正統に受け継いでいるが、正直いって、味はいまひとつである。

「旨い旨い」とばかりいわないで、そろそろこのあたりで、イクラのつくり方の本論に入らなければならない。

だが不肖にして、子供のわたしは、母が実際につくるのを手伝ったことがない。その点では、実技では、先のK氏より落ちるかもしれない。

しかし子供は子供、長年、母がキッチンでイクラをバラしているのを見たり、そのときどきに、なに気なくいっているのをきいているので、おおよその見当はつく。

そこで、まず旨いイクラをつくるこつだが。

初めに大切なのは、「ひたすら洗うこと」。

これは、わたしがなに気なく母からきいたことであり、母が誰かに教えるとき、いつもいっていたことでもある。

「なんだ、そんなことか」と思う人もいるかもしれないが、これは意外にできそうで、できないことなのである。

なぜなら、イクラはいうまでもなくサケの卵で、これは普通は卵嚢（らんのう）という透明な膜に包まれている。この膜を切り開くと、いわゆるイクラになる卵がぞろぞろ出てくるが、このまわりにはまだ薄い粘膜状のものがついてくる。

これを何度も何度も、冷たい水で笊（ざる）にでも通して洗う。

こういうと簡単だが、多くの人は薄い粘膜状のものが、卵のまわりについているので、余程、栄養のある美味しいものと思って、つい流し去る気になれない。さらに卵はいずれも真珠くらいの大きさで、ピンク色に輝いているので、何度も水通しすると、崩れるような気がして、ほどほどのところでやめてしまう。

これがいけない。

栄養のありそうな粘膜になど目もくれず、卵だからといって手加減せず、徹底的に洗う。

実際、母は何度も何度も水を替えては、ボールにあふれるほどのイクラを洗い続けていた。

この「よく洗う」と、「洗わない」。

これが、イクラの味の明暗をきめる。

むろんこのあとのイクラの味付けも大切だが、ここから先は個人の好みもある。

一般には醬油、ミリン、清酒などに漬けるが、この場合、塩味を強くしすぎてはまずい。味が落ちると同時に、せっかくの艶々（つやつや）とはじけるほどにふくらんだ卵が萎縮（いしゅく）してしまう。

母の味付けは、いつも薄醬油と清酒だけで、あっさりと漬ける。

この「漬ける」というのも、醤油のなかにイクラを漬けるというより、イクラのなかに醤油を軽くふりかける、といったほうが当たっている。

以上が、イクラつくりの要点だが、まとめると二つ。

一つは、卵を何度も何度も洗うこと。

二つは、味付けは醤油と清酒だけであっさりと。

文字にすると易しそうだが、いざやるとなると、意外に難しい。

料理番組のように、卵何グラムに醤油を匙に何杯、と決まっているわけでなく、いずれも目分量でやるのだから、そこから先は、やはり経験と勘が必要になる。

わたしは北海道で生まれ、育っただけに、東京などの北海道料理の店へ行って、まずいものを出されると悲しくなる。

「北海道直送」などと書いてあるけど、「こんなものは地元では食べない」と思うものがいくつもある。

その点では、イクラはあまり差がないほうだが、それでも地元のものより劣る。

いや、母がつくったものよりは劣る、というべきか。

正直いって、地元にもまずいイクラを出すところがいくつもある。

たとえば北海道の土産物店（みやげもの）にビン詰めで出ているイクラ。このなかにも、ときどき薄黒くどろりとした液のなかにイクラが浮いているのがあるが、これはとても食べる気になれない。

どろりとしているのは、まさしく水洗いが不充分なせいで、液を薄黒くなるほど濃くしては、イクラ本来のまろやかな味が失われてしまう。

鮨屋でときどき見かけるのは、塩味のききすぎたイクラである。長く保存させるためかもしれないが、キャビアと変わらないようなイクラもある。そこまでいかなくても、筋子（すじこ）のようなイクラはよく見かける。

また料理屋では、よく大根おろしと合わせてイクラを出すが、これも塩味の強さを誤魔化（ごまか）すためで、褒められたことではない。

そしていま一つ、これが一番気に入らないのだが、いつの季節でも鮨屋のガラスケースにイクラが並んでいることである。

ここではっきりいっておかねばならないが、イクラは秋のものである。

秋九月、北海道の河川は産卵のため遡上（そじょう）してくるサケであふれる。

このサケを河口でとらえて、腹を割き、卵をバラしてイクラをつくる。

したがって、本当の意味で新鮮なイクラができるのは、九月から十月、せいぜい十一月までである。

このあと十二月まではなんとかもちこたえたとしても、年が明けると、イクラの殻が堅くなり、ぶつんと噛(か)み砕く感じになり、イクラ本来の、ふっくらとした舌ざわりが失われてしまう。

原産地の北海道でさえ、九月から年内一杯しかもたないのに、東京には年がら年中イクラがあるのだから、味はおして知るべし、というわけである。

むろん季節外れのイクラは、冷凍ものだろうが、一度、凍らせては、もはや外形はイクラでも、中味はイクラとはいえない。

それでも多くの人々はイクラを好み、競って食べる。

ドサンコとして、それ自体は嬉(うれ)しいことだが、同時に、そんなイクラに、高いお金を払って食べている人を見ると可哀相(かわいそう)になる。

あの人達に、あの母のつくったイクラを食べさせてあげたい、――といつも思う。

実はかつて、東京でイクラ屋をやることを考えたことがある。

といってもイクラを売るわけでなく、イクラ丼(どん)の店である。

ササニシキの白いほかほかしたご飯に、母のつくったイクラをたっぷりとかけ、あたたかい三平汁に、これも母のつくったニシン漬けをつける。

これで一人前、二千円くらいでできないものか。

もしこれを銀座ででもやれば、サラリーマンはもとより、腹を空かした酔っぱらいなども来てくれて、結構、繁盛するのではないか。

いずれ、小説を書けなくなったら、イクラ丼屋の主人におさまって、本当の北海道の味を紹介してやろう。

そんなことを空想したこともあるが、いまはあきらめている。

そのわけは、地価の高い銀座で、二千円ではなかなか経営が難しいこと。そしてそれ以上に問題になったのは、新鮮なイクラを出せる期間はせいぜい長く見積もっても半年で、あとの半年が空きになるからである。

むろんこの間、ウニ丼とかカニ丼にすることも考えたが、やはり二千円では難しそうである。

そしてなによりも、あきらめた最大の理由は、母が死んだことである。

私事だが、昨年（一九九四年）の初夏、母は八十七歳で死亡した。その少し前から体調を崩してはいたが、まだまだと思っていたのが甘かったのか、あっさりと世を去った。

通夜から葬儀にかけて、母の遺影を眺め、さまざまな悔いにとらわれながら、イクラ丼屋をやることも夢に終わったと思った。

いや、それどころか、母のイクラを食べることもできないと思うと、急に寂しくなった。

こんなことになるなら、もう少し早くから、本気でイクラのつくり方を教わっておくのだった。

惜しいことをしたと思ったが、ときすでに遅し。

だが、わたしの舌に、母のイクラの味は変わることなく滲みついている。そしてそれを忘れないかぎり、怪しげなイクラを妥協して食べることはない。

そう自分にいいきかせたが、それでは永遠にイクラは食べられないことになってしまう。

母の味は大切だし、といって、たまにはイクラも食べてみたい。

食欲の秋を目前に、わたしはこのジレンマのなかで悩んでいる。

アラスカのイクラ丼

石川直樹

ある夏の終わり、インサイドパッセージと呼ばれる南東アラスカの沿岸地域をぼくは旅していた。そのときはまだ大学1年生で、夏休みに1カ月間かけてカヤックでユーコン川を下り、その後も一人でアラスカに滞在していた。ユーコンでの日々はいつまでも余韻として残り、ぼくは心地よい脱力感の中でテント生活をしながら移動していた。

ユーコン川にカヤックを浮かべたのは、初夏の透明な光が降り注ぐ朝だった。折りたたみ式のカヤックを背負ってカナダのホワイトホースという町まで行き、そこで食料を買い込んでカヤックに積みこんで、丸石が並ぶ人のいない河原から漕ぎだしたのだ。ホワイトホースの次にあるのはカーマックスという町で、そこに着くまで少なくとも1週間は無人の荒野を行くことになる。それはつまり、1週間分の食料をカヤックに詰め込まなければ、空腹で苦しむということを意味している。

アラスカのデナリという山でいきなり高所登山を経験したのと同じように、このユーコン川でぼくははじめて長い川下りの旅を行った。ぼくが旅にでるときは、とにかく実際に行ってみたいという強い好奇心が不安を上回り、ぐずぐず考えるより先に身体が前に出てしまうのだ。それはときに弱点にもなる。

カヤックに、テントや鍋、コンロなどのキャンプ道具一式と食料を詰め込むと、カヤックの喫水線はぐっと下がった。ただでさえ、水との距離が近いカヤックという乗り物なのに、少し傾いたら沈没しそうなほど船尾が下がっている。なるべく早く食料を減らそうと、思う存分食事をとっていたのだが、それが後になって少ない食料を何とかやりくりして食いつなげる苦労へとつながっていく。

ユーコン川では毎日〝ラーメン丼〟を食べていた。化学調味料がたっぷり入っていると思われる最も安いインスタントラーメンをコッヘルに入れてその上に卵を落とし、さらに、アメリカ特有のしなびた細いニンジンを刻んで入れる。一日漕ぎ続けた身体にそれだけの食事では全く足りないので、米を二合炊いて、ラーメンと一緒に食べていた。

ぼくの料理はすべて自己流で他人に食べさせられるようなものではないのだが、一つだけ自信をもっているものがある。それは米炊きである。電子ジャーの使い方はまったく知らないけれど、鍋で炊くご飯なら、たとえそれが小さなコッヘルだろうと、飯ごうであろうと特大鍋であろうと必ずうまい米を炊いてみせる。それはぼくが中学のときからテント生活を続けてきて唯一身につけた技術だった。

米を炊くときは水加減が命である。自分の人差し指の関節を目安に水を量り、あとは焚き火の前でじっと鍋を見つめながら湯気の匂いを嗅ぐのだ。「はじめちょろちょろなかパッパ、赤子泣いても蓋とるな」という常套句は誰でも知っていると思うが、不安だったらその常套句に従わず、蓋をとって確認してしまえばいい。それで旨みが逃げてしまっても、黒焦げにして、あとでタワシ片手に悲しく川岸にたたずむよりはよっぽどマシである。もっとも湯気の匂いに注意していれば焦がすことは滅多にないのだが。

ユーコンではラーメンとご飯を交互に食べるのがやがて面倒になり、最後にはご飯をラーメンにぶち込み、犬のようにしてかけ込んだ。だから、ぼくはこれらの食事を〝ラーメン丼〟と呼んでいる。

ラーメンはたしかチキン味と醬油味があって、一応毎日交互に食べてはいたのだが、さすがに飽きる。加えて、数個の貴重な卵がカヤックの中でつぶれてしまったことや、一日に何キロ下るか計算していなかったこともあり、日に日に食料が少なくなっていった。そのためカーマックスに着く直前には、やむをえず釣りに頼るしかなくなっていた。

そのときぼくがもっていたのは2000円で買った一本の釣り竿と一つのルアーだけだった。ルアーはスプーンという種類のもので、川に落とすと、水中に潜りながら小魚のようにひらひらと舞う。ユーコンにはアークティックグレイリングというマスの一種が生息しており、ぼくはその魚を狙っていた。写真で見る限り、実に美味しそうだったのだ。

しかし、ガツンという大きな衝撃と共に釣れるのはパイクばかりだった。パイクはカワカマスの一種で、体長30~40センチ、背には白い斑点があり、鋭い歯が並ぶ大きな口をもっている。人間の勝手な価値観でみれば、パイクは実に醜悪な魚で、ぬめりが激しい。しかし、白身はたくさんあるので、3枚におろして塩胡椒をふりホイル焼きにすればなかなか美味しいのだ。そのときから、ぼくの食卓（いざとなったら焚火にくべられる四角い木の板）の上には、卵なしのラーメン丼と共にパイクのホイル焼きが加わった。

結局ドーソンという町まで約1000キロのあいだ、グレイリングは一度も釣れず、来る日も来る日もぬめりと格闘しながらパイクをさばき続けた。釣った魚はブラックバスであれ何であれ、ぼくは必ず食べるようにしている。それが釣った魚へのせめてもの礼儀だと思っているからだ。だからキャッチ・アンド・リリースが前提のゲームフィッシングには興味がない。

魚の匂いにつられたのかわからないが、対岸に黒熊が姿を見せたことがあった。その日は熊のことが気になってなんだか落ち着かず、すでに日が暮れかかっていたというのに、ぼくは焦りながら再度パッキングをしなおした。そしてカヤックを漕ぎだし、新たなキャンプ地を探すことにした。孤独なユーコン川下りは、自分にとって地に足をつけるための通過儀礼だったと今では思っている。アメリカの先住民の若者が一人で山に入り、ビジョンクエストを通して、未来への光をつかむように。

ユーコン川を漕ぎ下ったあと、以前から訪ねてみたかった南東アラスカへ向かった。スキャグウェイという町からインサイドパッセージを南下してバンクーバーへと向かう船があり、ぼくはそれに乗り込んで、面白そうな町があれば下船してしばらく滞在した。

いくつかの町に立ち寄ったのだが、中でもシトカという小さな町に長く留まっていた。シトカはこぢんまりとした港町で、郊外にキャンプ場がある。お金がなく、相変わらずラーメン丼やそのレパートリーを食べて生活していた自分には、宿代を節約できるキャンプ場の存在は本当にありがたかった。キャンプ場は静かな森の中にあり、人工物も少なくて雰囲気はよかったが、町から10キロ以上離れていた。ぼくは自転車を借りて、パドルの代わりにペダルをひたすら漕いで沿岸の道伝いに毎日町まで通っていた。

キャンプ場の裏に川が流れていて、そこはサーモンの産卵場になっている。浅い瀬は銀色のサーモンで埋め尽くされていて、その光景に突然出くわしたときは思わず息を呑んだ。溢れんばかりの生命の息吹に圧倒されてしまった。

本当は許可を得なければならないのだが、漁協の人と話をして手づかみで一匹だけつかまえることを大目に見てもらった。近くのスーパーで5ドルほどで買った長靴を履いて、サーモンの大群の中に入り、ぼくの前にいた運の悪いサーモンを熊のようにわしづかみにした。もっと暴れるかと思ったら、彼女（イクラをもっていた）は川を遡るのに疲れたのかほとんどじっとしたまま、ぼくの手の中におさまった。しばらく川を眺めていて、どうやら背中が曲がっているのがオスで、まっすぐなものがメスらしいということだけはわかった。

ぼくはサーモンをテントまでもって帰ると、イクラをとりだしてビニール袋に入れてみりんと醤油漬けにし、身はいつものようにホイル焼きにした。塩と胡椒しかもっておらずホイル焼きくらいしか調理方法を思いつかなかった。

その日は今まで以上に気合いを入れて米を炊き、魚を焼いた。メインディッシュはなんといってもイクラ丼である。ラーメン丼から数百倍レベルアップしたどんぶりを食べられるとあって、ぼくは入念に下準備をした。なんとも貧しい心持ちで自分でも嘆かわしいのだが、パイクからサーモンへ、ラーメンからイクラへとグレードをあげた今日のおかずに、ぼくは食べる前からだいぶ満足していた。

サーモンに合掌して、イクラ丼を一口。「う、うまい」。誰に言うでもなく、ぼくは一人でつぶやいた。こういうときに食の感想をシェアする人がいないのは悲しい。久々にうまいものを食べた気がした。イクラにはまだ筋のようなものが残っていたが構わず食べた。その日は二合半の米をたいらげ、最高の満腹感を得られた。ぼくはこのときの食事を一生忘れないであろう。

今までで一番美味かった食べ物は、南東アラスカで食べたイクラ丼であると断言しよう。20歳のビジョンクエストの記憶はイクラ丼の味と共に、ぼくの中にしっかり刻みこまれている。

まだまだあるぞ丼

ガンバレ中華丼

東海林さだお

中華丼はおいしい。

まず、このことを力強く申しのべておきたい。

すなわち、わたくしは中華丼の味方である。この立場も最初に明確にしておきたい。

どうもこのごろ、世の中全体が中華丼に対して冷たいような気がしてならない。内閣支持率というものがときどき発表されるが、最近の中華丼の支持率はどうなっているのだろう。

支持する　二十三パーセント
支持しない　四十七パーセント
あとの三十パーセントは、関心がない、といったところではないか。

すなわち、世の中の大部分の人が、「そういえば、ここ十年、中華丼食べてないわね」的状況、および、「そういえば、中華丼なんてまだあるの？」的状況にあるにちがいない。

中華丼はまだある。

大抵のラーメン屋風中華料理屋のメニューにあるし、スーパーに行けば、「中華丼の素」が大手二社から発表されている。中華丼はしぶとく生きのびている。

ぼくが学生のころは、中華丼の支持率はもっと高かったように思う。

「きょうは中華丼にしようか、天津丼にしようか」

などと、しょっちゅう迷ったものだった。天津丼というのは一種のカニ玉丼で、こっちのほうはカニの値段が高騰してからは見かけなくなった。

中華丼はなぜ生きのびているのか。

中華丼は、白菜、筍、しいたけ、キクラゲ、豚コマなどを油で炒め、これに片栗粉でトロミをつけてゴハンの上にドロリとかけたものだ。その上にウズラの茹で卵を一個のせる。

つまり、この材料、全部中華屋の冷蔵庫にいつもあるものなのだ。

中華丼のために仕入れたものなど一つもない。注文さえあれば、いつでもたちどころに作れる。

しかし中華丼はあまりに魅力に乏しい。魅力のある材料が一つもない。

しかし中華丼はいつでもすぐ作れる。

これが、中華丼がいかに衰退しようとも亡びない理由なのだ。

中華丼は見た目もよくない。灰色がかった全体に、色彩的にも訴えてこない。なんだかまずそうでさえある。しかし、食べてみると意外においしいんですね。

ついこのあいだも、高円寺のほうに用事があったついでに、一軒の中華屋に寄って中華丼を食べてきたばかりだ。

でも、中華屋に入って「中華丼」と注文するときはけっこう勇気が要りますね。その店は、菅井きんさんを太らせたようなオバサンがテーブルに注文を取りに来たのだが、ぼくが、

「中華丼」

と言うと、一瞬、「エッ?」というような顔になった。

虚を突かれた、という顔になった。

それから、（この人はフツウの人じゃないわね）というウサンくさそうな顔つきになった。

もともときんさんの目はウサンの目なのだが、そのウサン指数が高くなった。フト

きん（太めのきんさん）は、「ご注進、ご注進」という感じで厨房に入って行った。

そのあと出てきた中華丼が旨かった。炒めるときに、中華系のスープを混ぜたらしく、トロミに味がある。

この味のついたトロミが、白菜の葉先のしんなりしたところによくからまっていてゴハンに合う。

中華丼は、白っぽい塩系のものと、やや茶色っぽい醤油系のものがあるが、この店のは醤油系だ。

すなわち、ラーメンのスープにトロミをつけてかけた〝トロミかけめし〟となっている。

中華丼はレンゲで食べる。

レンゲというのは肉厚だし、先端もとがってないし、このトロミかけめしをすくいあげるのに適していない。

〝しいたけとゴハン〟だけをすくいあげようとするのだが、そこに白菜の葉先が混ざりこんできて、それがレンゲからダラリとたれ下がる。

〝肉とゴハン〟を取りあげようとするのに、そこに大きな筍が倒れこんできてレンゲにのっかる。

まるで、解体家屋の廃材をすくいあげているショベルカーの運転手のような心境だ。

いっしょについてきたザーサイの一片を取りあげるのにも苦労する。どうしても〝レンゲで追いつめる〟というカタチになる。

最後の一口分のゴハンがなかなかすくいあげられない。これも〝追いつめる〟カタチになる。追いつめると相手は逃げる。

それにしても、この〝中華丼〟というネーミング、つけもつけたりという気がしませんか。外国人なんかが見たら、「うむ、全中国料理を代表する華麗な丼料理だな」と思うにちがいない。それにまた、中華丼と称しているのに、丼ではなく皿で出てくるのはいかがなものか。

中華屋に入って中華丼を注文すると、店の主人が急にがっかりしたような顔になるのはなぜか。「フトきん」の御主人も明らかにがっかりしたような顔になった。チャーハンなんかだと、ヨーシ、と気合が入るのだが、中華丼は情けなさそうに作る。

中華丼は、カレーより簡単に作れるのに、家庭ではまず作られることはないのはなぜか。

「ラーメンでもとるか」と、ラーメンの出前をとるウチはあるが、「中華丼でもとるか」というウチは一軒もないのはなぜか。

すべて、中華丼に魅力がないせいだ。
最初に、中華丼の味方という立場だ、と言ったのに、出てくるのはグチばかりだ。

品川丼、ず丼、純レバ丼

泉　麻人

品川丼（東京・品川駅）

土地の名が冠されたシンプルな料理名にはなんとなく魅（ひ）かれるものがある。土地といっても、プロバンス風とかトスカーナ風……といった、シャレたグルメ志向の雰囲気が漂うものでなく、前回のドイツ風ライス、みたいなちょっと粗野なセンスが窺（うかが）われるものがいい。ドイツに続いては、品川である。「品川丼」なる知る人ぞ知る名物が、品川駅のホームに存在するのだ。

僕がはじめてそれを味わったのは、もう七、八年か前のことだ。ＪＲのどこかのホームの立ち食いソバ屋の品書きに見つけて注文した。イカのゲソが入ったカキアゲをのっけた丼で、その後時折衝動的に食べたくなるのだが、以来結局味わっていない。

久しぶりに品川駅のホームを丹念に歩くと、山手線の昇降階段下にある「常盤軒」

という店に品川丼は健在だった。（この店は、京浜東北や横須賀線のホームにもある）
各種ソバのメニューが並ぶ券売機で四〇〇円の品川丼を選ぶ。先にカウンターにいた常連風の男が「シナドン」と縮め言葉で券を差し出している様がカッチョいい。改めて味わってみたところ、甘ツユに浸けたカキアゲは、ゲソのほか、サクラエビ、ネギ片、などによって構成されている。この丼に、ソバツユを薄めたような吸い物とキュウリの漬物が付く。盆に三皿配されると、ちょっとゴージャスな気分になるものだ。ま、いってみれば、よくある立ち食いソバ屋のカキアゲ丼……なわけですが、品川丼というネーミングがいい東海道の宿があった古い町の印象も重なって、江戸の頃から漁師町で伝承されてきた由緒ある料理、といった想像がふくらむ。実際、この品川丼は十年ほど前に常盤軒が考案したもので、調べてみると他に鉄火丼やシャコを使った丼に品川丼の名を付けている店が界隈（かいわい）にあるらしい。
しかし、なんといっても、「品川駅ホームの品川丼」という環境が旅情を誘う。

ず丼（東京・新大久保）

新大久保の路地を歩いているときに、大きなナマズのオブジェを看板に掲げている店が目にとまった。「なまず家魚福」……。そうか、確かここはナマズ好きの秋篠宮殿下が贔屓にしているとかで、ひと頃よくニュースで紹介されていた店である。新大久保駅東方の、大久保通りからちょっと横道にそれた一角。ハングルの看板を出した韓国料理店が目につく界隈で、その佇まいはひときわ異彩を放っている。

ナマズの看板はともかく、玄関先に出た「ず丼」という品書きが気になった。おそらくナマズを縮めたものだろうが、なかなか思いきりのいいネーミングである。ちょうど店を開けたばかりの頃（午前十一時半）で、まだ誰もいない奥の座敷間に通された。立派な床の間が設えられて、縁側にハメこまれたガラス窓の底に池が覗き見える。どうやらこの座敷間の底の池にナマズが放流されているようだ。

頼んだ「ず丼」は、ナマズを使った天丼であった。白身の肉の味は、中華料理でよくあるイシモチや、あるいはキスの天プラを思わせる。あっさりした食感で、あの武骨な風体は想像されてこない。

ナマズといえば、東京近郊では埼玉県の吉川市が町の名物にしていて（かつて天然ナマズの多産地だった）、以前に唐揚げを味わったことがあった。この店のナマズも、埼玉の某所で養殖されているものらしい。ナマズ研究の第一人者であるオーナーが、「人工的に冬眠させて良質の食用ナマズをつくる」画期的な方法をあみ出したのだという。

エビやアナゴの天丼と、食材のレベルをくらべるのは難しいけれど、この「ず丼」四八〇円ってのは安い！

メニューには、他にも「ず刺身」「ず洗い」「ずバター焼」「ず鍋」……と、ずづくしの料理が並んでいる。夜ともなれば、ズーズーズーズー、あちらこちらで常連客たちの注文がにぎやかに飛び交うに違いない（ず丼はランチのみ）。

純レバ丼（東京・浅草）

浅草に「純レバ丼」という面白い名物があると聞いた。教えてくれたのは、よく行く西荻窪の喫茶店のマスター。西荻の人から浅草の情報を聞く、ってのはちょっと意外だが、中央線の沿線には割と下町愛好者が多い。また、浅草に住む僕の友人は、よく西荻あたりで呑んでいたりする。性格の違う町同士、お互い魅かれ合うようなところがあるのかもしれない。

その純レバ丼を出す「あづま」という中華料理屋は、六区の入り口〝すし屋通り〟の途中にある。当コラムではだいたい昼食時に店を訪ねているのだが、ここは四時半開店（深夜十二時まで）と聞いて、夕刻に店をめざした。

カウンターのなかで、日焼けしたヒゲ面の店主が厨房を仕切っている。壁に張り出された品書きに「純」だけ赤字にして、その名が記されていた。並びに〝純ナシ〟のレバ丼というのを見つけたが、これはレバーを使った中華丼風のものらしい。さて、お目当ての純レバ丼の構造は……。

メシの上に、甘ダレで炒めた鶏レバーがごそっと盛りつけられ、上に刻みネギが散らばっている。甘ダレは、よくあるヤキトリのタレに似たものだが、ピリッと四川風のスパイスが効いていて、これがレバーの臭味を見事に消している。

タレが浸みわたったメシごと、レンゲを使ってワイルドにかっこむ。レバ好きにはこたえられない丼、である。思わずビールが欲しくなるような濃い味だが、この日は次に〝フットサル〟(ROXビルのコートでたまにやるのだ)が控えていたので、ぐっとこらえた。

この店は開業して三十年ちょっと。それ以前は〝あんみつ〟がウリモノの甘味処だったという。純レバ丼の他に、もう一つ「あれ」という奇妙な品書きが目にとまった。

——あれってナンですか?

——あれ、ですよ。

店主から「あれ」も出してもらったが、ここで解説してしまったら面白くない。鶏肉を使ったあれ、とだけ書いておこう。

やきにく丼、万歳！

佐藤洋二郎

妻が留守なので息子と外食でもするかということになった。車に乗り、街道沿いを走りながら思案していると、食べ放題と書かれた焼肉屋の看板が目に入った。わたしは乗り気ではなかったが、息子が入ってみようかと言うので、相手がどんな食べっぷりをするかという興味もわいたのでのぞいてみた。

しかし肉は咬み切れないほどかたく、味も乏しかった。息子も気づいたらしく、おもわずまずいねと言った。おい、とわたしは注意を促した。人様の前で食事をするときには、決してそういう言葉を口にするなと申し渡している。

その食べ物を好きな人もいるし、本当においしいとかんじている人もいる。そういう人の気持ちをおもえば、そういうことを言うと気まずくなるだろと諭している。息子は、わかった、わかった、とあやまった。

そして近くのテーブルに、両親とふたりのこどもがいたことに気づいた。彼らはセルフサービスで肉を持ってきて、両親は生ビールで、小学生とおもわれる兄妹はジュースを手にし、おかあさん、誕生日おめでとうと乾杯した。それから、おいしいねと兄が母親に同意を求め、これが炭火焼きというの？　と肉を炙（あぶ）る火元をのぞいた。

それはただのコンロに網をおいたものだったが、母親は息子の言った言葉が耳に入ってはいたがだまっていた。彼女たちがめったに外食などしないことも、こどもたちの言動でわかった。わたしは母親のかたい雰囲気を察知して、こちらの息子がおもわず口をすべらせた言葉を思い出し恥じた。

それから遠い昔のことがよみがえってきた。わたしは十二歳のときに父親を失い、山陰の母親の郷里に移り住むようになった。それまでは食い道楽の父親のおかげで、多少はおいしいものを食べていた。それが彼が亡くなり、母親が女ひとりで育てていくようになった我が家の食卓は、はなやかさがなくなってきた。

彼女は料理の得意な人だったが、働きに出るようになり、だんだんと貧しくなっていくようでいやだった。男親のいない食卓を淋しくかんじていたこともある。

ある日、老女がやっている小さなうどん屋に入った。そこのうどんはおいしかった。やがて、ときどき母親に小遣いをもらい、三歳歳下の弟と食べに行くようになった。

あるときうどんをすすっていると、店に入ってきた知り合いの中年の男性が、母親しかいないこどもはこんなところで飯を食べるのかとわらった。

相手に悪意はなく、ただからかっただけなのだがわたしは傷ついた。彼女の了解をとっているのにと文句を言いたかった。やさしい母親が愚弄（ぐろう）されているようでそのうち店に行かなくなった。

「ねえ、こうして食べるともっとおいしいよ」

父親が死んだ頃のわたしの年齢に近い少年は、新発見でもしたように男親に言った。少年は、どんぶり飯の上に牛肉を並べてほおばっていた。それを妹も真似をした。父親はそうかと言ったきり口を噤（つぐ）んだ。両親は肉があまりおいしくないことはわかっていた。母親も、そうねと言ったきり言葉をつながなかった。

「おい。おまえ、まだ食べられるか」

わたしがそう言うと、息子はああ、と応じた。それからふたりしてやわらかそうな肉と、どんぶりにしろいご飯をよそってきた。わかめスープも一緒だ。息子は、なにをするのかとながめていたが、わたしは焼いた肉にたっぷりとたれをつけ、胡麻（ごま）をまき紅生姜（しょうが）もそえた。相手は興味深そうにみつめていたが、わたしが掻（か）き込むと真似をした。

「うまいじゃないか」

「だろう？」

息子はわらった。

「生き方も食べ方も、なんでも工夫が大事なんだからな」

わたしは偉そうに説教をした。少年の食べ方を見て、昔、父親がそうして食べていたのを思い出したのだ。昭和三十年前後は、まだ焼肉を食べる日本人は少なかった。焼肉なんて絶対に食べないと言っていた母親も、今年で八十三歳になる。いまは焼肉が大好物だ。時代も変われば食べ物も変わる。人間の見方だっておなじことだ。やがて、わたしたちが腰を上げると、そばのお母さんがこちらの食べっぷりを見ていたのか、少しだけ目礼をした。わたしはあわてて頭を下げた。

店の外に出るとよけいに満腹感を覚えた。それはおなかが満たされすぎたというだけではなく、こちらと彼女たちの心が伝わったようなよろこびがあったからだ。そして、あのこどもたちは立派に育つだろうなとかんじると、おい、おまえもがんばれよと息子につぶやいていた。できのわるいわが息子は、わけもわからずに、おう、と返答をした。

コロンブスの卵丼

池田満寿夫

「男の手料理」という特別な料理法があるわけではないが、簡単明瞭に定義すると、女の代わりに男がした料理ということになる。それではあまりに味気ないので若干つけたすと、一般家庭では料理は女がするものと相場が定まっている。特に一般家庭と強調するのは、レストランや料亭の料理はほとんどが男の料理人によってつくられているからである。欧米の一流のレストランでは男が料理をつくり、料理を運ぶのも男である。女性はせいぜいレジにしか座っていない。

日本の料亭だと料理は男がし、運ぶのは女である。欧米でも軽飲食店になるとウエートレスが出てくる。それでも料理人は男である。勿論女性が料理している店もあるにはある。だが、それは大抵は場末か田舎の家庭的なレストランに限られている。日本でもスナックかカフェバーではその店のおかみが料理をしている。かように、専門店においては料理は男性の正職なのである。女性の寿司職人などこの世に存在しない(例外はあるかもしれないが)。

だからここでの「男の手料理」の男とは専門のコックでない男という説明が必要である。家庭ということになると、今度は話が違ってくる。妻なり母親なりが料理人になる。古い家庭では男は食卓の前に座っているだけである。ニューファミリーになると妻が料理し、夫が運ぶか、皿を洗うかという風に変わってくる。しかし、長い家庭生活の中で男も料理をせざるを得ない状況に立ちいる場合がしばしば生じてくる。今流行の単身赴任とか、突然の妻の病気とか、妻に逃げられたとか、なにかの理由で一人家に取り残された時、男は外食をするか、自炊するかの選択にせまられるのである。

もっとも、なかには積極的に家庭で料理をする男性も増えつつあるようだ。しかし、私も含め彼等とて毎日料理するわけではない。しかも男が妻の代わりに料理したとしても必ずしも喜ばれるわけではない。私の場合だと二人だけの時は絶対に台所に入れてくれないのである。例外が天ぷらである。女房が油のはねるのを嫌がるからにすぎない。アメリカにいた頃はかなり料理したが、現在は一人家にいる時しか料理するチャンスがなくなってしまった。

一人だと昔はロールキャベツをつくり二日間ぐらい食べたものだが、今はもうそんなめんどうなことはしなくなった。

男の料理、第一回目としてはいささか簡単すぎて開いた口がふさがらない料理を紹介する。目玉焼丼である。オムレツは出来なくても目玉焼ならどんな男にでも出来る。フライパンに玉子を落とすだけでいいからだ。最近は油をひかなくてもすむフライパンさえ出来ている。ご飯は電気釜で炊く。それを丼か皿に入れ、三個の目玉焼（勿論一個でも二個でもいい。何個冷蔵庫に残っているかによって決まる）をそのまま上にのせ、しょう油かウスターソースか好みに応じてぶっかけるだけでいいのである（私は特にウスターソースを推薦する。しょう油ではあまりに芸がなさすぎる）。最高に簡単な丼物が出来上がる。これを〝コロンブスの目玉焼丼〟と称する。

三杯飯が五分、ねぎ削り節丼

小泉武夫

ねぎほど食欲を出させてくれる野菜も珍しい。この鋼鉄の胃袋の持ち主、食欲が落ちた時など、よほどの二日酔いの朝以外ないので、どんなものでも美味に味わえてしまいます。舌が健康なんですなあ。三杯飯ぐらいは、あっという間に胃袋へ超特急です。

ねぎで飯三杯と言いつつも、ねぎだけでは少しきついから、ほんのちょっとのひねりを施します。例えば、「ねぎ味噌」。ねぎをみじんに切って、味噌を合わせ、包丁でよくたたいてペースト状にします。茶碗(ちゃわん)に盛った熱いご飯の上にそれを塗るようにして食ったなら、一杯目が一分五十二秒、二杯目は舌に馬力がかかって一分三十三秒、三杯目はさらにペースアップして一分二十七秒でした。

何とねぎと味噌だけで三杯飯が五分もかからないのですから驚きです。ネギスブック、いや間違い、ギネスブックにもこんな記録、あるわけないなあ。

「ねぎ削り節」も舌に猛然と馬力をかけてくれます。やはりみじんに切ったねぎを少し大きめの深皿に入れ、カツオ削り節をパーッと多めにまいてかぶせます。それを手で優しく混ぜ合わせ、醬油を垂らして、さらに混ぜて出来上がり。

丼に熱いご飯を七分目ほど盛り、「ねぎ削り節」をかけて、ガツガツとむさぼり食います。これは実に旨い。あまりに食欲が出るので、食らっている最中でも内心あせりを覚えるほどです。そんな丼、だれも横取りすることないのに、とにかく俺サマのような貪欲人ともなると、旨いものは体を張って守ろうとします。意地汚い本能というのか、悲しい性が出てきてしまいます。

ご飯の芳香にねぎの快香、削り節の燻香が交錯し、ご飯の甘みとねぎの辛み、削り節の旨みが連帯して押し寄せてきて、こっちは三杯を平らげるのに四分十九秒でした。

〔材料〕

長ねぎ－二分の一本／カツオ削り節－二〇グラム／醬油－適宜／ご飯－適宜

〔つくり方〕

① 長ねぎをみじん切りにする。

②　みじん切りにした長ねぎと、カツオ削り節を少し大きめの深皿に入れ、手で優しく混ぜ合わせる。
③　長ねぎとカツオ削り節に醤油を加える。
④　ご飯を丼の七分目ぐらいに盛り、その上に「ねぎ削り節」をかける。

日本人の大好物、どんぶりもの

雁屋　哲

　私は「親子丼」が大好きなのだが、時々その名前の残酷さに気づいてたじろぐことがある。親と子を一緒に料理してそれをどんぶりに乗せて食べてしまおうなんて、ずいぶん露骨であからさまで残酷過ぎないか。殺した鶏肉を煮て、それを将来鶏になる可能性が高い鶏の卵で閉じてしまうから親子丼というわけだが、我と我が身にそんなことが起こったらどうしようと恐怖と怒りに身体が震えてしまうような料理じゃないか。

　といいながら、先日も取材で訪ねた料理店で、しかも、十二時から始まる取材だから腹ごしらえして行ったのに、「お昼まででしょう、これをどうぞ」といって出された親子丼を一瞬ためらったが、一口食べたらあまりの美味しさにうんぐうんぐと、一分もかからずに食べ尽くしてしまった。その時に、残酷だとかなんだとか、そんな面倒くさい思いは頭をよぎることがなかった。

私は健康なのか、いい加減なのか。

しかし、どんぶりものは日本人の大好物で、大体たいていのものをどんぶりに乗せると、そのままどんぶり料理になるからすごいものだ。

どんぶり料理といっても実にいろいろありますな。ただ、ご飯と上に乗る具との釣り合いにやや問題があるのではないかと思われるものもある。

ちょうどよい釣り合いなのは、天丼、親子丼、うな丼、か。といっても、うな丼の場合ご飯が見えないほどたっぷりと大振りのウナギが乗っていることが条件だ。

鉄火丼の場合は、どうも、マグロの量が少ないように思えるのは私が浅ましいからだろうか。

ウニ丼も、ウニとご飯の釣り合いが難しい。ウニが少なすぎると、これはご飯ばかりが多すぎて物足りないし、逆にウニがあまりに多すぎると、今度はウニの性格の強さがこたえて、私の連れ合いのように、あまりに大量のウニ丼を食べたばかりに十数年間ウニ丼は食べられなくなってしまうこともある。

以前BSE問題で取り上げられた牛丼であるが、白状すると、私は、牛丼が苦手である。その理由は、タマネギと、甘い味付けである。

私は、牛肉をタマネギと甘い味付けで煮たものの味が大嫌いなのだ。韓国料理のプルコギが苦手、肉ジャガが苦手、だから、同じ味の系列である牛丼が苦手なのである。牛丼も、もっと別の味付けはできないものか。

たとえば、すじ肉をじっくり煮込んだものなど、たとえようもなく美味しく、値段だって安く収まるはずである。すじ肉丼てのは、手間がかかるけれど、本当に美味しいんだぜ。

しかし、大体あのどんぶりというやつ、時に怖くなるね。

皿に盛られた料理は食べてしまえば皿しか見えなくなる。料理を食べ尽くしてしまった皿は格別な印象を与えない。

しかし、どんぶりは違う。中味を食べた後も、どんぶりのあの形がでんと残る。するとだな、むう、このどんぶり一杯に入っていたものが今や私の胃袋に移動したのだな、ということを否応なしに納得させられてしまう。早い話が、このどんぶりがずんと胃袋に入ってしまったのと同じではないか。自分の胃袋はこんなどんぶりをそのまま受け付けるほどでかいものであったのか。こんなに大量のものを食べてしまうなんて無謀なことをしてしまったのでないか。

どんぶりは空になったあとでも、その中に入っていたものの量を如実に示す。それが怖い。あのどんぶりに山盛りになっていた親子丼が、私の胃の中に移動してしまったというのか。ああ、自分は飛んでもないことをしてしまったのではないか。そう思うと、やたらと腹がくちくなってきて、自堕落な思いに陥るのは私だけだろうか。

私、丼（どんぶり）ものの味方です

村松友視

これについてはいくつかの説があるようだが、親子丼が故山本嘉次郎氏の父上喜太郎氏の発明であるというのも、信用すべき説のひとつだ。喜太郎氏が、料理研究会をつくって旨い物を食べ歩いた時期があった。その会で、忙しいときのために、立ったままで食べられる、美味で滋養に富んだ食べ物を思いめぐらし、ついに親子丼となって日の目を見た。明治二十五年（一八九二）くらいのことだというが、山本嘉次郎氏は「おそらく、これがわが国における〝丼（どんぶり）もの〟の最初ではなかろうか。これまでは、盛り切り飯は下品とされ、飯の上に具をのせるなぞは猫めしと卑しめられていた時代であった」と書いている。

〝盛り切り飯は下品〟〝飯の上に具をのせるなぞは猫めし〟という時代に、堂々と親子丼の旨さを主張した心意気はすごい。いまからは信じられぬことだが、この呪縛はかなり息の長いものだったらしい。

　山本嘉次郎氏があるとき鮨屋に行ったが、その店にいた俳優の志村喬さんが、ちらしの飯と上におく具とを別々にして食べているのを見ておどろいた。志村喬の家は、厳格な武士の家柄で、飯の上におかずをおいたり、汁をかけて食べることは許されず、犬猫の真似をするなと叱られた。そんな育ち方をしたので、志村喬はいつまでもそれを破れなかったのだ。しかし、あいにく志村喬はちらし寿司が大好物、それで別々にしてまで食べたかったというわけだ。

　その下卑た位を与えられた丼ものの第一号である親子丼の創始者であると、父を堂々と評価する精神は、山本嘉次郎氏のダンディズムに通じているにちがいない。

　それにしても、丼ものがそのような扱われ方をしていたとしたら、親子丼を口にする喜びはひとしおであったことだろう。だが、丼もののかっての扱いが、現在にも生きていないでもないという気がする。うな重とうな丼では、どうしてもうな重に上等さがただようことなども、そのひとつだろう。あたしゃあうな丼の方が好きだね……と言う友人がいるが、気分は分るような気がする。第一、飯の上に具がのっているという点では両者は同じなのだ。世の中に、〝大したもの〟と〝大したものでないもの〟があり、〝大したものでないもの〟に執着する感覚は、庶民的でもありダンディでもあるというわけであります。

待ちぼうけの丼

平松洋子

「あたし出前を取るときね、たいてい二人前を頼むことにしてるのよ」

ひとり暮らしの真紀子が言うので、とっさに訊く。

「それは女の用心ってこと？」

とっさに用心と結びつけたのは、以前に不動産屋のおじさんから聞いた話を思いだしたからだ。駅前で何十年も不動産屋をやっていると、ひとり暮らしをする女子には勝手に親代わりのような気持ちを抱き、あれこれ世話を焼いてしまうらしい。表札には名前を書かず名字だけ記載するべし、下着を干すときは窓側、できれば部屋のなかにとどめるべし、集金とか勧誘はかならずチェーンを掛けたまま応じるべし。くわえて、もしも出前を取るときは一人前は避けよ。ドアの前にぽつねんと置かれた一人前のカラの丼は、「わたし、ひとり暮らしです」と公言しているのと同じだから危険、というのが、自他ともに認める町守役の意見なのだった。

その話を持ち出してみると真紀子は、

「ううん、そういうわけじゃなくて」

手をひらひらと振り、却下する。

「じゃあ、むしろ見栄トカ？」

それは、こんな〝告白〟を聞いたこともあるからだ。夫は激務の銀行マンで休日出勤はざら、三人の幼児を抱えて孤軍奮闘中で「憤死寸前」の友人の話だ。たまに実家の母がこどもたちを預かってくれる日、近所の鰻屋から出前を頼むのが格好の息抜きなのよと言うのだが、モンダイはそこから先らしい。ひとりで鰻を食べに行くのはなんとなく家族に申しわけないのだが、出前なら気分の帳尻が合う。とはいえ、鰻屋に一人前だけ持って来させるのは悪いし、近所の手前、一人前だけ頼むのはこそこそと贅沢をしているようでいやなのよォと声をひそめる。出前ひとつにそこまで気を遣うとは難儀なことねえ。本音を洩らすと、当人はむっとして、「団地暮らしの面倒くささは簡単にわからないわよ」。ご機嫌を損ねてしまった。

そんな話を持ち出してみると、真紀子はまたもや手を振り、見栄説も却下する。ひとりで二人前を頼む理由を、彼女はこう説明した。

「用心も見栄も混じってるかもしれないけれど、あたしの最終目的はそこにはない。あのね、汁が浸みてごはんがほとびたかつ丼、あの貧乏くさい味がすごく好きなの。たとえば土曜の昼に鍋焼きうどんとかつ丼を頼むでしょう。昼には鍋焼き、夜には手をつけずにそのまま取っておいたかつ丼を食べる。これ、最高」

べつのうつわにかつ丼をよそい直し、チンしてあったためる。すると、出来たてを超えるしみじみとした一品に昇格するのだという意見に、わたしははげしく同調した。

ひとり暮らしを謳歌する真紀子の主張は、出前の味の本質をスルドく突いている。ちょっとだけ、あるいは大きく食べどきを逃している。これが出前の味の醍醐味だ。

しかし、人間には、機を逸した気まずささえ、ある種の味わいに転換する能力があるということ。とうに昼どきを過ぎた時分に会社を訪ねたりすると、デスクの脇に水滴がびっしり溜まったラップがけの五目焼きそばなどを目撃することがある。手つかずの出前を置いたまま一心不乱に仕事にいそしむ姿に遭遇すると、畏敬の念がふくらむ。いくら状況が許さないとはいえ、出前という負荷を受け容れつつ、さらに自分にも五目焼きそばにも待ちぼうけを食わせるとは、ここの会社には大人物がいる。

カツ丼の道

嵐山光三郎

カブの暴落で損をした。

その仕返しにカブを食べてやることにした。八百屋で売っている一把百円の白カブを買ってきて、皮をむいて塩をふって生のまま食う。カブの食べかたは、これが一番セクシーである。二つめはしょうゆをつけて食べた。むいたカブにツマヨージでポツポツと穴を開けてからしょうゆをかける。こうすると、しょうゆがよくしみる。三コめはツマヨージで開ける穴を五十ぐらいにして、味の素とポン酢じょうゆをかけて食べた。

味の素がジャリッとして溶ける寸前くらいがうまい。太宰治は青い背広のポケットに味の素をしのばせていた、と檀一雄が言っていた。太宰治の時代には味の素が上流階級食通のダンディズムであったのであろう。

四つめのカブにはキッコーマン粉しょうゆをふりかけた。これはしょうゆを顆粒にしたもので、ぼくは海外旅行には必ず持っていく。一回ぶん一・五グラムが細長いアルミの袋に入っている。この粉しょうゆは旅の簡易コック長だ。

ヒコーキ内で出るステーキはもとより、出てくる洋食にかたっぱしから振りかける。すると、西洋人が作ったまずい洋食に簡易コック長が細工して、味がぐーんと立ちあがる。海外のレストランは、しょうゆを置いてあるところが増えたが困るのは日本のフランス料理店だ。高級店になるほどしょうゆがない。ちかごろ流行のカモのオレンジソース煮など出されたら、這って裏口から帰りたくなる。そんなとき、粉しょうゆさえあれば、ソースをどけてからハラハラとふりかければよろしい。牢獄の味がたちまち出所後の味になる。ぼくは、この粉しょうゆをいとおしむあまり、粉しょうゆだけを酒の肴にしたりする。その粉しょうゆを純白のカブにふりかけた。カブの甘みがじゅわりと舌にしみた。カブの甘みは、じつは土の精の香りだ。そいつが簡易コック長の腕によってじわりと引き出される。

五コめのカブは、刻んで塩もみしてすぐ水で洗い、淡口しょうゆを二、三滴たらして食べ、葉も刻んでいためて食べた。カブの葉はいためると、ちょびっとになる。そのちょびっとになった量の少なさに、カブの葉の奥ゆかしい品位と育ちのよさがある。

で、また、カブを買いにいく。今度は二把買ってしまう。八百屋は、カブを売っても手数料とらないところが証券会社と違う。

カブの暴落で、友人のK君はベンツ一台ぶん損した。A君はトヨタソアラ一台ぶん損でS君は軽自動車一台分の損だという。ぼくは自転車一台ぶんぐらいの損だ。額は違えど損にかわりはなく、カブにかたきをとる気迫は十分にある。競馬で損した人は馬刺しを食えば仕返しになるし、競輪で損したら車輪のタイヤを齧(かじ)ればいい。カブの場合は塩漬け、ぬか漬け、千枚漬けといった漬け物、さらにはカブラ寿司も作りたいが、カブの塩漬けというのは、カブが値下りして我慢する状態だから、縁起が悪い。ここは、カブをメシトルということで、カブ飯を作ることにする。

肥前のカブ飯というものがある。濃い味噌汁の具にカブを入れ、カブが煮崩れるくらいやわらかくなったところで丼飯にかける。味噌汁が泥水のようにドロドロになる。ちょいと見ためはドロ飯で、丼にドロンコをかけて食う気分になる。

これは骨の髄(ずい)までぐしゃぐしゃになる情の深い味だ。よく煮込んだ本場インドカレーがドロンコであるのと同じく、カブのドロンコ丼は、味噌にカブの甘み辛み、土の香りがまざり、この味の深みにはまると逃げ出せなくなる。

このカブ汁丼を食べれば、カブの本質が胃の毛細管までしみてくる。カブに仇討(あだう)ちをしたつもりが逆にカブの返り討ちにあう。このカブ飯の実力は、カブ汁と飯が冷えていても十分にうまい点である。

ぼくは冷えた味噌汁が好きだ。そりゃ、味噌汁は作りたての熱いやつが上等にきまっているが、残った味噌汁の冷えたやつも捨てがたい。夜中に帰宅して台所を覗(のぞ)くと、冷たい味噌汁が鍋に入っている。煮て熱くするのが面倒だから、そのまま冷えたやつを柄杓(ひしゃく)でしゃくって飲む。冷たい味噌汁が喉をつーっと下りていく感触がいい。その冷えた味噌汁を冷えた飯にかけて、ザブザブとかきこむのが夜の台所の叙情というものだ。

冷えた飯のうまさ。

寿司がそうである。幕の内弁当がそうである。運動会のいなり寿司、遠足のおむすび。これらは、みんな冷えた飯のうまさだ。炊きたての御飯がうまいのは万人の認めるところだが、冷えた飯には冷えた飯なりの事情がある。経木(きょうぎ)の匂いのついた幕の内弁当、そこへ黒ゴマがふってあったりすると、箸がきりりと緊張する。冷えた飯つぶには律義(りちぎ)な武士の風格がある。清貧でありながらも義を通すいっこく者の武士の一念がある。

アルミの弁当箱一面にびっちりとつめられた白飯ほどまぶしいものはない。うちにやってくる植木屋は、おかずはおかず用小型弁当箱に入れて、飯はそうやって持って来る。弁当箱よへこめとばかりぎゅうぎゅうにつめられた白飯を、箸でつつくのを見ていると、「一口ちょうだいよ」と愛想笑いをしたくなる。冷たいアルミの弁当箱につめられていた白飯は、冷飯の人格を持っている。アルミ弁当箱の蓋の裏についた米粒を手でつまんで食べるのが植木屋の特権だ。弁当箱の蓋にお茶を注いで飲むのもうらやましい。

ぼくはいいから、国民栄誉賞を海苔弁当に与えてもらいたい。

弁当箱の半分ほど飯をつめ、しょうゆをまぶしたおかかと海苔を乗せてまた飯を乗せ、またしょうゆまぶしおかかと海苔を乗せる。おかかと海苔が二段にまぶしてある。時間がたつと、しょうゆが御飯にしみてくる。そのしみた部分の御飯に民族の歴史がある。

出前でとるテンヤモノの丼のうまさの秘訣は、運んでくる道のりのデコボコにある。丼物を運んで来るうちに、バイクの振動で丼が揺れて汁が飯によくしみるからである。

これをカツ丼の道という。

これに対し、天丼の道という道もある。天丼の道はなだらかなじゃりみちである。

小さな振動で、エビ天の煮汁エキスがきめ細かく飯にしみる。それに対しカツ丼の道は、急坂の上下が多い。激しい振動で、カツ汁がダイナミックに飯にしみる。したがって、ぼくは、カツ丼を注文する店と天丼を注文する店が違う。カツ丼は坂を二つ越えた裏のやぶそば（これを定点Aとする）だが、天丼はなだらかな砂利(じゃり)道を一キロほどいった長寿庵（これを定点Bとする）である。小さな振動で時間をかけて運ぶのが、天丼注文店のヒケツである。

さらに親子丼の道がある。

これはC点であるが、このC点は、点A、点Bを結んだ直線を直径とする半円の円周を移動する。C点は移動しつつ、角ACBはつねに直角になる。

このC点に相当するのは、定食屋丸八（C_1）、越前そば店（C_2）、中島食堂（C_3）の三点になる。わかりますか。図を見て下さい。

親子丼の道は難かしい。C_1、C_2、C_3のそれぞれの店よりやぶそばのA点までは、いずれもなだらかな道なのである。このC_1A、C_2A、C_3Aの直線の道においては親子丼の鶏肉と玉子がやさしくゆっくりと融和するのであります。A点よりは、カツ丼の道AJであって、ここは坂が二つある。融和した鶏肉と玉子が、このカツ丼の道において、激しく白飯とまざり、汁をしみさせる。この二つの道のりをへて、親子丼はよう

店屋もの方程式

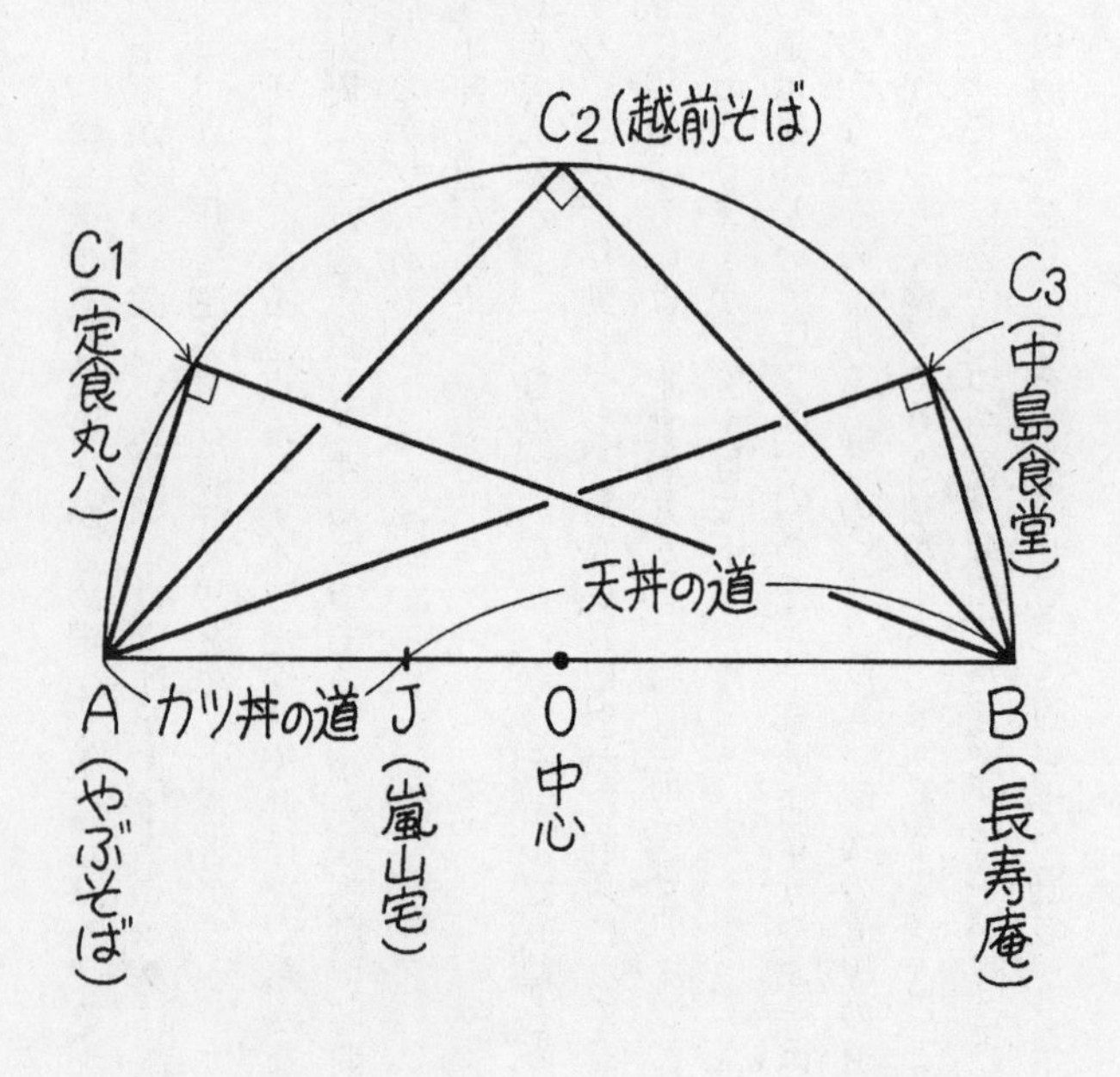

$$\angle AC_1B = \angle AC_2B = \angle AC_3B$$

$$= 直角 (\angle R)$$

やく完成された味になるのだな。

　ぼくの家の電話機の上には、「カツ丼＝やぶそば」、「天丼＝長寿庵」、「親子丼＝定食丸八・越前そば・中島食堂」の貼り紙がある。中島食堂と丸八は、カキフライライスとか焼肉定食も出前するが、他の店は日本そば屋である。だから、天丼二つとたぬきそば二つ、といったような注文も出来るが、困るのは、天丼とカツ丼を注文するときだ。一つずつ別々の店へ注文するのも面倒だから、長寿庵へ天丼一つ、カツ丼一つを注文してしまう。こういう場合はどうするか。

　天丼は問題ないからそのままにする。

　届けられたカツ丼をぼくは、風呂敷で包んでから自転車の前のカゴに入れ、カツ丼の道を走るのです。自転車でやぶそばの前まで行って戻ってくる。こうすることによって、カツ丼の汁がよく御飯にしみる。この場合、往復する時間と振動が調理となるのであります。庖丁持って切ってるだけが素人庖丁ではない。

　ここで突如として話は変り、白状丼の作りかたを教える。これはカツ丼であるが、並のカツ丼とは違う。なぜ白状丼かと言うと、たたいても逆さにつるしてもくすぐっても白状しない凶悪犯が、この白状丼を食べたいばかりに白状してしまうからだ。

　つい十年前までは、犯人は普通のカツ丼一杯で白状して宝のありかを告白してしまったものですが、いまは、口がこえているから、キャビア出そうが、フォアグラ出そうがヌーベル・キュイジーヌ出そうが、そう簡単には白状しない。

まず豚肉をしょうゆにつけて一時間おく、豚肉にしょうゆがしみこんだところで、トンカツにする。さすれば、しょうゆの香ばしい匂いがぷーんと広がって、ああたまんねー、というしょうゆトンカツが出来あがる。それをサクサクと切って丼飯の上に乗せ、また、しょうゆをかけて蓋をする。

ソースなんかかけない。しょうゆ一本でいくのが白状させるこつだ。蓋をした丼をぶらさげた刑事が取り調べ室を十周すると、揚げたてのカツの香りとしょうゆの風味が白飯にしみこんで、このうまさといったら日本人にしかわからない。そいつを取り調べの初日に食べさせて、味を覚えさせてしまう。

で、二回目からは、このカツ丼持って取り調べ室を十周、二十周する。うまい匂いが取り調べ室に充満するが、宝のありかを白状するまで食べさせてもらえない。この場合は取り調べ室がカツ丼の道となるわけです。刑事がカツ丼の道を三十周するうちに、

「も、申しわけありません、で、した」

と、さしもの凶悪犯も白状してしまう。

これを読んだ凶悪犯のかたは、さっそく今晩作ってみて下さい。で、何でもいいから何か白状してしまおう。

夜に白状カツ丼を食べたら、翌日は親子丼を作る。

朝四時に起きると忍者スタイルとなり、右手に投げ縄、左手に網を持ってニワトリ小屋へ這っていく。ニワトリに気づかれないように進み、小屋裏にかくれて、ニワトリが玉子を生むのを見届ける。この場合、放し飼いのニワトリであることが望ましい。放し飼いだからトカゲやら自然の草やらを食べてすこぶる元気がいい。ニワトリが地玉子を生んだら、右手の投げ縄でそのニワトリをつかまえ、左手の網でその玉子をすくいとり、そのニワトリと玉子で親子丼を作る。これぞ正真正銘の親子丼なのであります。

ぼくは実用料理本『料理ノ御稽古』（光文社文庫）のなかで、日本百大丼を世に問うた。そのうち三十品ばかりは実際に作り、作った丼の写真を同書に載せている。載っている丼は、次の三十品である。

①鉄火丼②ひと口カツ丼③ウナ丼④レンコンの天ぷら丼⑤牛丼⑥マツタケ丼⑦ウニ丼⑧イクラ丼⑨カズノコ丼⑩コハダ丼⑪納豆玉子丼⑫ナスとミョウガ丼⑬菜めし丼⑭

ネギ丼⑮シメジ丼⑯炒り玉子丼⑰いわし丼⑱シャケ丼⑲オカカ丼⑳カニ丼㉑菊の花丼㉒ナメコ丼㉓塩辛丼㉔タイ丼㉕ゴマ丼㉖カマトロ丼㉗ミソ丼㉘ハモ皮丼㉙カモ丼㉚シソの実丼。

あと、番付に載せたのを記していくと、㉛中華丼㉜カレー丼㉝豆腐丼㉞タラコ丼㉟らっきょう丼㊱鳥そぼろ丼㊲すき焼き丼㊳白魚丼㊴ショーユ丼㊵イワナ丼㊶ホタテ丼㊷ハマグリ丼㊸トリ貝丼㊹つくし丼㊺ホルモン丼㊻ホウレン草ゴマあえ丼㊼メザシ丼㊽サンマ丼㊾クラジのベーコン丼㊿赤貝丼(51)シイタケ丼(52)シナチク丼(53)ワラビ丼(54)うめぼしおかか丼(55)シャコ丼(56)ハコベラ丼(57)シューマイ丼(58)キムチ丼(59)ひじき丼(60)ニボシ丼(61)玉子丼(62)フカヒレ丼(63)大根丼(64)ヤキソバ丼(65)ボルシチ丼(66)塩丼(67)水ギョーザ丼(68)ビーフシチュー丼(69)天津丼(70)アナゴ丼(71)とろろ丼(72)イカ丼(73)マス丼(74)ワカメ丼(75)フグ丼(76)タケノコ丼(77)タラ丼(78)おぼろ丼(79)タラの芽丼(80)ナズナ丼(81)シジミ丼(82)焼き豚丼(83)セリ丼(84)タマネギ煮丼(85)もみのり丼(86)サワガニ丼(87)ニシン丼(88)チーズ丼(89)キンピラ丼(90)塩コブ丼(91)きざみキャベツ丼(92)ハヤシ丼(93)オムレツ丼(94)ワケギ丼(95)きゅうり丼(96)ニンニク丼(97)ワサビミソ丼(98)紅ショーガ丼(99)豚角煮丼(100)フォアグラ丼

作ってみて意外にうまかった成長株丼は、⑭ネギ丼㉒ナメコ丼㉙カモ丼㉝豆腐丼で

あった。豆腐丼は、丼に半分ほど飯を入れた上に豆腐半丁を乗せ、そこへネギ、シソの葉、しょうがをきざんだのを好みで乗せ、しょうゆとゴマ油をかけてかきまわして食べる。見ためは悪いが食べると仙人の境地となる。

あとはカレー丼、すき焼き丼、ハヤシ丼、とろろ丼が佳品。これは、作ってから、風呂敷に包んで町内を一周し、三角形ACBを廻って、飯に具をしみこませることは、当然ながら必要である。カレー、すき焼き、ハヤシライス、とろろ汁に共通するのは、ともに寿司として握れない点である。カレーライスを握る寿司屋がいたら大したもんだ、と行きつけの寿司屋で言ったら、そこの親父は、ウニを握るようにシャリのまわりに海苔を巻きつけて、自分ちの夕食用のカレーを乗せた。これには参った。しかし、基本的には、スシで握れるのはスシにしたほうがうまい。鉄火丼やコハダ丼よりは、まぐろ握りやこはだ握りのほうがいける。カツ丼にしろ親子丼にしろ天丼にしろ、寿司ダネとしては通用しないものが、丼にあいますね。

経木に入ったおみやげ用のお寿司。あれも妙に胸にしみる。小学生のころ、父親が酔っ払って夜中に帰ってきて、みやげの寿司を持って来ると、午前一時だろうが二時だろうが、かまわず起こされた。まず母が興奮している。臨時ニュースみたいだった。

「寿司だよ、寿司だよ、寿司ですよ」

の声で三人兄弟ねむい眼をこすって起き、ガツガツと寿司をつまみ、十分ぐらいでノドをつまらせながら食べ終ってそのまま眠ったものだった。朝、歯をみがくと歯のあいだからカンピョウが出てきたりして。

あの、夜中の臨時ニュースのような握り寿司の味には眠い叙情があった。ぼくはいまでも自分で寿司の折詰めを買ってきて、枕元に置き、目覚し時計を夜中の二時にあわせて眠ったりする。冷えきったシャリの上で、乾いてそってるイカなんかも、ちょっとまずくていとおしい味がするもの。

無我夢中でコンサルタント

町田　康

人間、出世をしようと思ったら、やはり人に先んじなければならない。

人に先んずるとはどういうことかというと、例えば企画を立てる場合でも、いま流行している事を後追いするのではなく、次になにが流行するかを先取りし、よいタイミングで企画を実行する事が肝要なのである。

そして大事なのは、よいタイミングで、という部分で、これは早過ぎても遅過ぎてもいけない。なんとなれば早過ぎた場合、群衆大衆がこれに気がつき、「お、ええやんけ」と思う前に自分の資金が尽きてしまい、せっかく種を蒔き、育てた穀物を後から来た他人に刈り取られてしまうからである。また、当然のことながら遅過ぎてもいけない。なぜなら遅くに参入すると、諸々の準備が整い、いざ実行となった時点で、その企画はもはや陳腐化している可能性が大きいからである。

では具体的にはどのようにしてそのタイミングを計ればよいのであろうか。

ひとつの目安としては、流行に敏感で、年に六回以上海外に出掛けていて、本業での年収は八百万円程度なのだけれども、本業以外のよく分からない仕事で一千万円程度の収入を得ているみたいな、ごく先端的な人の口の端にそのことが話題に上るようになった頃に、企画を立て始め着実に実行に移せば、ちょうどよいタイミングで企画を実行に移すことができるだろう。

ではもっと具体的に言って、いまどんな企画を立てれば人に先んずることができるだろうか？ ずばり言おう。私はそれは丼ものだと思う。と、私がこんなことを言うと決まりきったように、「なにを根拠のない思いつきを言っとるのだ。山師がっ。鼻にチューブわさび入れるぞ」と言って私の意見を否定する人がいるが、ふっ。哀れな人だ。

私は根拠のない思いつきを語っているのではなく、実際的なデータに基づいて語っているのだ。といってもそういう心のねじけた人は信用しないだろうから、そのデータを開示しよう。

三日前のことである。家の近所のカフェで茶を飲みながら随想をしていたところ、数人の男女が声高に話しながら入ってきた。男女は腹を減らしているらしく、茶や酒の他に料理をたくさん頼んでいたが、なかの一人が、「やはりこういうキッシュやなんかより、丼もののほうがよいよねえ」というと、ほぼ、全員がこれに同調、その人たちは丼ものがいかに素晴らしいかについて熱っぽく語り始めた。

そしてその人たちの風体がみるからに先端的であった。感覚がすぐれていそうで、持っている鞄やなんかも洒落ていたり変わった形をしたりしていた。「ロスで食べた海鮮丼は……」などと海外の話題も豊富だったし、各方面から人に先んじていろんな情報を得ているようでもあった。

なかに一人だけ、丼ものは嫌いだ、と言っている奴がいたが、こいつは見るからに野暮天で、鞄もださいし、まじまじ顔を見るとバカボンのパパみたいに鼻毛が伸びていた。

このことからも次は丼ものがくることは明白で、しかも丼ものは企画を立てる側からいうと、はっきり言ってがらあきみたいな分野である。

というのは例えば、例のBSE騒動が起きて初めて、鶏丼、豚丼などが慌てて企画された事からも知れる。珍しいものとして、木の葉丼、開化丼、あぶたま丼などが挙げられるが、それとてローカル丼の域を脱していない。

さて、そしてもうひとつ重要なのは、企画を立てるにあたっては既成概念、固定的な考え方に縛られてはいけないという点である。確かに、木の葉丼なんておもしろい丼だな、と思うが僕なぞから見れば、まだまだジャンプ力が足りない。

といった能書きはこれくらいにして、そろそろ実地に丼ものの企画を立てていくことにしよう。のんびり構えているともっとも重要なタイミングを失してしまう。

ずばり言う。

「水死丼」というのはどうだろうか。

意味は、瑞々(みずみず)しいイメージで、食べると死ぬほどうまいと感じる丼という意味である。

水死という言葉からネガティヴな事態をイメージする人もあるかも知れぬが、人は料理を注文する際、紙に字を書いて注文するだろうか。しない。口頭で注文する。そしてその場合、「スイシ」と発音した人はなにをイメージするだろうか？

当然ではあるが、人はこれを聞いたとき、「水師営の会見」すなわち、旅順攻略なりたる後、乃木将軍が敵将ステッセルと会見した話を思い出す。いうまでもなくこれは日本国民として誇らしいエピソードであり、このことからも人が、「水死丼」というネーミングにネガティヴな感情を抱くということはまずないのである。

しかし、いくらインパクトがあるからと言って、「水死丼」だけにすべてを託すのはいささか不安でもある。万が一、「水死丼」が売れなかった場合のことを考えてもうひとつか、欲を言えばふたつくらいは別企画を立てておく必要がある。

そこで考えた。

「堕落丼」というのはどうだろうか。

いまの世の中、どこもかしこも競争ばかりである。みな目の色を変えて他人を出し抜く事ばかり考えている。そんな社会はいうまでもなく高ストレス社会で、みな心のどこかで、いっそのこと堕落してしまいたいと願っている。そんなカスタマーの潜在的な欲望をかき立てるのがこの「堕落丼」である。

内容はもう、堕落したようなくだらない丼で、「俺はこんなものを食っているのかあっ」と堕落したような気分になる。食べ終わった丼の底には坂口安吾の顔が描いてある。

「ポセイ丼」というのは、なんのことはない、ただの海鮮丼であるが、これを、「ポセイ丼」と名付けることによって大衆は好奇心を刺激され、こぞってこれを注文する。

「地図丼」というのは、カーナビの普及によって廃れつつある地図を懐かしむ中高年向けのヘルシーな丼である。

これだけ魅力的な企画が揃えばまあ失敗するということはあるまい、と言っているオレは、しかし、誰に向かって言っているのだろう。そしてオレは何屋なのだろう。
そんなことすら分からないぐらいに錯乱している。

うな丼

丼

杉浦日向子

「丼(どんぶり)」は、井戸の中に石などを落とした音「どんぶり」を、そのまんま字にした和製漢字だと聞いた覚えがあるが、真偽は知らない。

陶製の大きめの厚手の深鉢を指すことが多い。他に、革や更紗(さらさ)、緞子(どんす)などであつらえた、大きな袋物も「どんぶり」と呼び、粋(いき)でお洒落(しゃれ)な男衆が持った。職人さんの腹掛けの、お金などを入れる前隠しも「どんぶり」という。

いずれにせよ、「丼勘定」の示す大まかさともあいまって、豪快なイメージが丼にはある。

食器の丼は、煮物や和(あ)え物、漬物などを、どっさり盛り付け、そこから銘々皿に取って食べた。それは個人の器ではなく、みんなの器だった。丼が、独りの手に抱え込まれるようになったのは、うどんやそばなどの、たっぷり張ったつゆと共に食す、麺(めん)

類が普及してからのことだろう。

店屋物の丼飯は、鰻丼に始まるといわれる。江戸前の蒲焼は、当初屋台で、手皿での立ち食いが基本。小上がりのある店商いでも、焼きあがった蒲焼を平皿に盛って出した。が、ある蒲焼大好きの座元が、興行中毎日楽屋に蒲焼を頼んだ。その際、蒲焼が冷めぬよう、炊きたての飯に挟んで出前させたのが元祖鰻丼となったらしい（異説まちまち、真偽は知らない）。とすれば保温材として取り除けるつもりが、一緒に頬ばったら、鰻の脂とたれの染み込んだ飯との合体が、思いのほかの旨さだったのだろう。以降は周知の通り、丼飯は多彩に進化し、人々を魅了し続けている。一見無造作にぶっこんだようでいて、ひとつ碗の中に、見事に調和した世界がある。黙々と丼をかっ込む幸せを嚙み締めよう。

丸にうの字

神吉拓郎

信州の、へんぴな湖に、ひと月あまり居続けたことがある。

小さな宿だが、湖に面している。庭先に船着場があり、気が向けば、いつでもボートで漕ぎ出せるのがよかった。

宿が何軒か並んでいるのに、妙にひっそりしていて、湖の上を漕ぎ廻ったり、釣糸を垂れたりするのは、ほとんど私一人だけだった。

東京から来た私には、たいへん気分がいい。

日曜になると、近所の町から何人かの若者が遊びに来たが、それも日のあるうちだけで、夕方には姿を消した。

人の気が無いのは、ツユどきという季節のせいなのだが、運よくその年は、三日と降り続くこともなく、溜息(ためいき)をつきたくなるような美しい日に恵まれた。

雨の日もまたよかった。降るとも見えぬほどの糠雨のなかで、これまた動くとも見えぬ水に対して釣糸を垂れていると、われながら画中の人となった心地がする。こんな日には、とりわけ鮒の食いが立つことがあって、次々と魚信が釣人の胸をふるわせる。鈍い色の水のなかから、きらきら光る魚体が現われて、快い手応えと共に、手もとへやってくる。そして一時間とたたぬ間に、バケツは釣果であふれた。

何日かおきに、宿の息子が、私を鰻取りに誘った。私より五つ六つ年上で、その頃二十五六だったろうか、彼の鰻取りは、延縄を使うのである。二三米ごとに枝糸が出ていて、その先の鉤に太い蚯蚓をぶら下げる。私にボートを漕がせて、彼は、百米の余もあるその頑丈な糸を、湖の要所へ沈めて廻るのである。

一夜明けて、揚げに行ってみると、いつも、太いやつが五六匹はかかっていた。古い手摺りの棒みたいに太くて、安い羊羹のような色をしている。たいへん気味が悪いが、すぐ馴れて、鉤からはずすのも苦にならなくなった。

初めて鰻を揚げに行った日の昼めしに、丼が出た。丼といっても、白地に藍をちょっとなすった程度の、ひと山いくらという手である。なにげなく蓋を払うと、鰻丼だった。

早速化けて出たな、と思ったが、その簡素な眺めに、あらためて感心した。

マッチ箱をふたつ並べたほどの鰻が、飯の山の上にひっそりと乗っている。タレの色が見えないので、鰻をつまみ上げてみると、その下の飯だけが、僅（わず）かに色がついていた。

客はいつも私一人だから、いつの間にか、台所で、一緒に飯を食うようになっていた。

主人夫婦と、息子が二人、それで全部である。家族だけで、女中なんかいない。夏の、忙しい時だけ、近在の娘たちを頼むのだそうで、色っぽくないこと夥（おびただ）しい。

私が、その鰻の大きさに驚いているそばで、一家四人は、実にウマそうに丼をかき込んでいる。その様子からすると、この家の鰻丼の鰻の大きさは、代々二寸四方と決っていて、それ以上は烏滸（おこ）の沙汰（さた）と信じて疑わないように見える。

そこで、私も諦（あきら）めて、泣く泣くそれに従うことにしたのだが、驚いたことに、翌日の昼めしも、その翌日も、ずっと鰻丼が続いた。

鰻攻めに会ったというと、随分景気がよさそうに聞えるけれど、毎度二寸四方では、とても食い飽きるというわけにはいかない。

それどころか、なんとか飯の上を覆いつくすくらいの鰻が食べたいと思い悩むようになった。

その思いが昂じて、とうとう、或る日、近くの町までバスにゆられて出た。

町といっても、百米も歩けば突きぬけてしまう小さな町の食堂で、特別に誂えた肝吸い付きの鰻丼は、さすがに見事だった。久し振りに、飯の上を覆いつくして、蓋から尻尾がはみ出すほどの、大ぶりな鰻を食い、余勢を駆って二三軒先の喫茶店で珈琲を奢って、私はやっと堪能した。

かれこれ三十年も前の話で、その頃の手帖を見ると、毎日食ったものが記してある。昼めしは丸に、う、とだけ書いてあって、恐るべし、ほぼひと月に近い鰻攻めである。それも、自分で獲った鰻や鮒に攻められたのだから、宿賃が安かったのも当然のような気がする。

鰻は丈も長いが、焼けてくる迄も長い。

客の顔を見てから割くような店でないと、やはり鰻を食べた気にはならないし、そういううちなら大枚を払うことになるから、焼けてくる迄の時間をゆっくり楽しみたい。

その為には、梅雨の合い間の、今頃などが、思いがけず、いいのである。

土用の丑の日近辺は、客が立て混むし、店の方も、なんとなく浮き足立ってくる。

むしろ、客足も遠く、日永をかこつ今時分、それも、まだ日の色が残っている時間がいい。

梅雨うちなら、鰻屋の白暖簾も、目を射るほどに眩しくなく、打ち直したばかりの水で、たたきも、ささやかな植込みも、すがすがしい濡れ色である。

薄暗い店の、ひんやりした空気のなかに坐って、漸くその暗さに目が馴れる頃に、お絞りとお茶がくる。

いったいに、鰻屋は、黒く煤けている方が趣きが深い。煤けているようで、よく拭き込んであって、木口はそれほど良くなくとも、ぴかぴか光っているようなら、雅致に於て欠けるものではない。

鰻屋も焼鳥屋も、匂いで客を釣る商売だが、鰻屋は、誘い込んだ客を、長いこと待たせねばならない。

気の短かい江戸っ子も、鰻だけは長いこと待たなければならなかったわけで、待たせておくには、鰻屋の方だって随分気を遣ったに違いない。

鰻屋の漬物がウマいというのも、その間をつなぐ工夫からだろうと思われる。

昔の客は、このお新香で酒を飲みながら鰻が焼けてくるのを待ったそうで、ウマいお新香を漬けるために、どこの鰻屋も苦心をしたのだと聞いている。

肝焼きがあれば、これまた酒によし。

私は、から下戸の方だが、肝焼きの、あの苦味を味わいながらなら、連れの徳利から猪口に一二杯の酒を盗むのもいいと思う。

白焼き、また然り。

酒の飲めないたちというのは、まったく因果なものだと口惜(くや)しいが、人によっては、果報者だというのもいる。あえて逆らう気はないけれど、ナントカ買いと酒に関しては、あまり果報者でありたくない気がするが、どんなものだろう。

今どきは、まだ開け放った先の、狭っ苦しい庭から、ひんやりした風が入ってくる。入り組んだ露地を通り、家と家の間の何寸という狭間をすり抜けてきた有難い風である。それでもかすかに、青葉と土の匂いを帯びていて、これも御馳走のひとつなのである。

微醺(びくん)を帯び、満ち足りた思いでおもてへ出ると、暮れがたの空が、それでも明るく感じられる。してみると、店のなかは、もっと暗かったのである。

目が馴れていれば、暗いとは感じないもので、考えてみれば、私たちが育った頃の家は、どこの家でも、中廊下や玄関はたいてい暗く、その暗さが、冷えびえとした落着きのある空気を醸(かも)していた。

暗さと翳は、私たちが失ってしまった大きなもののひとつだと、私は、よく考えることがある。隅から隅まで柔かな照明の行き届いた室内は、却って不気味なもので、私は、そういう類の近頃の座敷に入れられると、段々と気が滅入ってくる。どっちを向いても妙に明るくて、なんだか方角を失った旅人のように途方に暮れてしまうのである。

そんなふうに、明るい部屋に閉じ込められて物を食わされても、気が閉じたままだから、うまいとは感じられない。

外国の一流レストランで、照明を暗くしてあるところが多い、という話を聞いたときはなるほどと思った。暗くするという理由のひとつは、顧客がどうしても年輩の金持が多いので、その夫人である婆さん連の顔や手の皺を目立たせない為なのだが、味という点でも、照明は暗く、室温も高からず低からずというのが心得ごとなのだという。だいたい、人間の感覚は、お互いに補いあうものだから、暗ければ自然に嗅覚や味覚がより鋭敏に働いて、御馳走を十二分に味わうことが出来るのかも知れない。

そう考えてみると、私が、薄暗い、古色蒼然とした食い物屋を好むということにも、なんだかウマい理屈がつきそうである。

鰻屋と蕎麦屋と鮨屋には、それぞれ贔屓客がついていて、贔屓の店の優劣ということになると、これはプロ野球以上に白熱化する。

「まあ、公平なところJだろうね」

と、一人があまり公平とはいえない意見を述べれば、たちまち、

「Jの鰻なんか食えるかい。Nですよ」

と、もう一人が断言する。

一方では、有名店嫌い、小店専門がいて、

「どっちもどっちだね。鰻の味ってのは案外小さな店に限るもんで、君等、一度Qで食って見給え。驚くぜ」

と、我が田に水を引く。

どっちにしても水掛論だから、黒白がつくわけのものではないし、いつ果てるものでもない。話の種に困ったときは、鰻屋から始まって、鮨屋、蕎麦屋とやれば軽く小半日は潰れるし、腹も減る。とどのつまりは、

「なんかウマいものが食いたくなったな。なんでもいいや」

などと異口同音でチョン、他愛がないが、これも大人の楽しみのひとつかも知れない。

たとえば、九州柳河のせいろ蒸し、あの錦糸玉子の黄も鮮やかな、湯気に噎せっかえりそうなのも珍しいし、名古屋のIで出すような飯と鰻が混沌として、まさに鰻めしといった感じのもいい。

しかし、やはり舌に馴染んだ味というのは抜き難いもので、私は蒸しの利いた東京風の鰻の、それも丼がいちばん好きだ。ふっくらと、焼きむらがなくて、いくぶん昔ふうにぴかぴか光った焼き上りの、中っくらいのやつ、もし黄腹だったら、また懐かしさも一入だろう。

昔、運ばれてきた鰻丼にすぐ箸をつけずに、なにかのまじないのように、くるりと上下を引っくり返して置く人を見たことがある。

重箱で同じことをする人もいた。

なにをするのかと驚いて眺めていると、呼吸をはかって、また、やっこらさと、もとへ戻して、やおら蓋を取って食べ始める。

あれは、丼の底に溜ったタレを、もう一度飯に戻してやる為だ、と聞いたことがある。

その人の話では、その風習は、丼から始まったという。なるほど、そういえば、丼の方がタレが底に溜りやすいし、飯の層も厚いから、そこに着目する人もいそうである。彼はそれをなにかの本で読んだと私にいった。もしかすると織田作之助だったかも知れないな、といった。

そう聞いてみると、その昔に私が見た人たちの仕草に、やっと納得がいった。

その話を友人に受売りすると、その男は、

「それにしても、あまり上等な人間のやることっちゃないね」

と笑った。そして、

「……つまり、底に着目したわけだ」

と、駄洒落(だじゃれ)で締め括(くく)った。

食わず嫌いは、顔を顰(しか)めるが、う雑炊と、中国料理には、鰻のまた違った味が生かされている。う雑炊は、以前日比谷のガード下に〔わらじ屋〕の支店と思われる店が出て、何度か通ったが、そのうちに消えてなくなった。恐らく、東京人の食わず嫌いを見限ったのだろうと思うが、淡白に似て、しかも滋味掬(きく)すべきというか、惜しい味だった。

中国料理の方は、鰻のいためものや煮込みだが、これはなかなか難しい。うまく廻りあうと、鰻とはこんなに軽く、さっぱりしたものかとびっくりする。

なかでも、春先に上海から送ってくる〔めそっ子〕鰻を使ったのは最高で、これをさらっと煮た味は魂も天外に飛ぶほどだという。

それを香港で食べてきたウチの太太（タイタイ、かみさん）は、私に向ってつねづねそれを自慢するのだが、私はせせら笑って相手にしない。何故かというと、折角食べてきたのに、その料理の名も、料理法も、なにひとつ聞いてこないのである。肝腎な点はすべて曖昧模糊（あいまいもこ）として、さっぱり要領を得ない。思うに、女を摑（つか）まえて確実な情報を得ようとするのは、鰻を摑むより難事であるらしい。

鰻

吉行淳之介

ウナギというのは、謎(なぞ)の多い魚である。もともとは赤道の近くの海底に発生して、一年近くかかって日本や北アメリカやヨーロッパなどにたどりつく、というが、学者にも詳しいことは分かっていないらしい。

赤道の下の深海に、淡水が噴き出る箇所が数カ所あって、小さいビルくらいの大きさに海水が押し除けられて淡水になっている。

ウナギの稚魚は海水では育たないので、もっぱらこの海底の淡水圏で繁殖する。したがって、海水の中の淡水アパートにはウナギがぎっしり詰まって、住宅難になってしまった。

仕方がないので、雌雄連れ立って淡水を求めて旅に出る。なにしろ本拠地が広い海のまん中なので、川や湖にたどりつくのには一年ちかくかかってしまう。

といえば、いくらか本当らしく聞えるだろうか。これは私の妄想である。奥山益朗編『味覚辞典』を開いてみると、その点はやはりまだはっきりした学説がないようだ。普通にわれわれの食べているのはシラスウナギというのだそうだが、千住で丸太棒のように大きいウナギを食べさせる店がある。あれは、別の種類なのだろうか。

その本ではじめて獲た知識は、こうしてたどりついたウナギが、川や湖や沼に六、七年棲みついて、また南方へ帰ってゆくということである。私は産卵すると、すぐに帰ってゆくのだとおもっていた。

こうなると、ウナギは神秘的生物におもえてくる。ところが、神秘的なものを人工的に養殖できるのも理解しにくい。

ウナギ屋というのも、私には謎が多い。通人は店屋ものを軽蔑するが、ウナ丼を註文して家でたべるのも悪くはないし、この場合はべつに謎はない。ウナギ屋に出かけるとなると、しかるべき店では客の顔をみてからウナギを料理するというので時間がかかる。昔はこの時間が貴重であって、二人連れでウナギ屋の部屋にこもると一時間くらいは誰も顔を出さないところに利用価値があった、と聞く。しかし、現在ではそれに替る場所がいくらもあるから、邪心なくウナギを味わう。

この待っている時間、酒を飲んでいるわけだが一流の店でもサシミなど出すところがある。これはどうも似合わない。そのくらいなら、あらかじめウナギのキモを焼いたのでもつくっておいてくれてサカナに出してもらいたいのだが、客の顔をみて腹を割いてキモが出てくるのだから、すぐに酒の肴に出てくるのはムリといえる。それに、キモを食べさせない家があるのは、どういうわけだろう。

といって、ウマキとかウムシ(茶碗蒸し)など出されても、うんざりしてくる。

結局長い時間待って、白焼きとウナ丼とキモ吸いぐらいを腹に入れて、

「わざわざ出かけたにしては、なにか物足りないなあ」

と、おもいながら帰ってくる。しかし、それ以上食べると、腹にもたれてしまう。

その点も、不思議な食べ物である。

そういうところをウナギ屋のほうでも察したのかどうか、金マキ絵かなにかの立派な重箱を使う店がある。飯とウナギとべつべつに入って、重なっている。

私はあれを好まない。

ウナギはつるつるした陶器に入っていたほうがよいので、重箱に容れられると漆器のかすかなにおい、もしくは幻臭が感じられてよくない。

そう説明しても、ウナ重でなくてはイヤという人物がいる。こういう人物には、権

威主義の性向あり、と考えてよい。

まむし⁉

小林カツ代

いまはもう上に何ものっていないうな丼が大阪にあるのかないのか知りませんが、三十年くらい前には丼のふたを取ったら「何もない！」。きっぱりとなーんにものっかってない薄いしょうゆ色ごはんだけのようなうな丼が出てきたらしいです。夫が大阪に赴任したての、まだ独身で若かったころ、実際に対面してびっくりしたんですって。お給料も安いからいちばん安い並のうな丼をとって、ふたをあけたら、うなぎがどこにもなかった。ほんとに何かの間違いかと思ったと。このエピソードは、わたしのデビュー作『お料理さん、こんにちは』（文春文庫）に書いてありますので、あわせて読んでくだされば笑えますよ。

でも、わたしは、このふたをとったら何もないうな丼を実際には食べた記憶がないのです。ごはんをほじほじと食べていると中からうなぎの蒲焼きが何切か出てくるなんて、ドラマチックやなあ。なのになぜ、わたしは食べたことがなかったか……。当時の夫は自立したビンボー気味の若者だったのに比べ、わたしは親のすねをたっぷりかじってたコガネモチだったゆえに、うな丼でなく、うな重しか知らなかった！　というわけであります。うな重には、はじめからうなぎが行儀よくお並びですものね。

なんで大阪でうな丼が「まむし」と呼ばれているかというと、ごはんにうなぎをまぶしたところから「まぶし」。それが「まむし」となまったんですね。でも、実際にはまぶしたものはめったになくて、たいていは上にのせたり、はさんだり。名古屋の名物料理にも、おひつにごはんとうなぎを入れた「ひつまぶし」というのがあります。

間にはさんだり、二階建てにする大阪方式のうな丼は、ごはんにうなぎのタレをようしみこませるのと、うなぎを冷まさずにあったかいまま食べられるという知恵が働いています。そもそも、うな丼というのは、江戸の芝居のスポンサーだった大久保今助というおひとが考案した食べ方だとか。今助さんが故郷の茨城で渡し船を待っているとき、茶屋で蒲焼きとどんぶり飯を注文しました。ところが運ばれてきたときに「船が出るよ〜」の声。とっさにごはんの上に蒲焼きをポンとのせて、皿でふたをし、向こう岸に着いてから食べたそうです。

こうするとあったかいまま食べられて、しかもなかなかうまいというんで、なぜか大阪で人気が出て広まったんですわ。江戸の人が考えついた食べ方が大阪で一般的な食べ方になったというのもおもしろいところですな。しかもそのうな丼に「まむし」というネーミングまでして、まむし屋として成立させるいうのも大阪的と言えるかも。そう言えば、大阪には昔「今助」いうまむし屋さんもありました。

うちではたいてい「いづもや」でした。わたしは折りで買ってきたのを、そのまま食べるのも好きでした。冷めているのが、木の折りの香りとよく合って、これも冷めてもうまいもののひとつです。

それと関東と関西ではうなぎのおろし方がちがいます。関東では背開き、関西では腹開き。なんでもうなぎを盛んに食べるようになった江戸時代に、お武家さんたちが「腹を切るなど縁起でもない」と言って背開きになったとか。一方、関西では商人が多く、腹を割って話そうというところからだとか。

もうひとつちがうのが、蒸すか蒸さないかです。関東では頭を先に落としてから竹串を打ち、白焼きにしてからいったん蒸して、それからタレをつけて焼きます。蒸すことで脂が落ちて、あっさりした味になりますし、お箸もすーっと通るほどやわらかい。

関西では頭をつけたまま金串を打ち、おなか側を開いてから白焼きにし、蒸さずにタレをつけて焼きます。焼いたあとから頭を落とします。この頭をなぜか半助と呼び、焼き豆腐を一緒に炊いて食べる「半助鍋」という大阪独特の料理もありました。安いけれど、栄養になるお惣菜です。あますところなく、全部食べきるという大阪らしい料理ですね。

蒸さないでじかに焼くことで、関西のうなぎは関東よりもやわらかすぎず、香ばしいです。味はやや濃い目。それに少しこりこりした歯ごたえがあります。上にのってるうなぎは表面がパリッとしていて、脂がピカッとしてます。わたしは東のも西のも好き。

うなぎはいまや年中通して売られるようになり、それほど季節感のある料理ではなくなりました。それでもまむし屋の店先から、脂とタレが落ちてじりじり焼けるまむしのええ匂いが漂ってくると、「ああ、夏やなあ。まむし食べてスタミナつけんとなあ」と誘われますね。

「うなぎの蒲焼」の話

伊集院光

子供の頃、中流家庭の我が家において晩御飯にうなぎが出るケースは多くなかったが、時々お袋がスーパーなどでうなぎの蒲焼を買ってきて作ってくれたうな丼が好きで、「今日の晩御飯は何が食べたい？」と聞かれるとかなりの頻度で「ウナドン！」と答えていた。

そのリクエストは家計の状況に応じて採用されたり採用されなかったりな訳だが、いま考えるとあれは「うなぎ」が好きだった訳ではなく「タレのかかったご飯」が好きだったように思う。「それならそうといってくれれば何も高い蒲焼を買うこともなかったのに」と母親はいうだろうが、「タレ飯」と「うなぎ」はセット販売のみだと思っていたのでしょうがない。

さて、うなぎの蒲焼だが以前テレビの企画で「天然のうなぎを捕まえて、天然うなぎのうな丼を食べよう」というのがあって、茨城の川だか沼まで天然うなぎを捕りに行ったことがある。

なんでも同行した食通のおじさんにいわせると「最近はどこに行っても養殖ばっかりだけど、天然と養殖じゃぜんぜん違う。脂だらけの養殖と違って天然は脂っこくない。天然は川で運動しているから身の弾力が凄い。一度天然を食ったら養殖ものなんてうなぎじゃないって思うようになるね」だそうで、僕もたいそう期待して取り組んだ。

結果、それなりの苦労をして天然うなぎを捕まえた。早速蒲焼にしてご飯に乗せる。タレをかけて「天然うな丼」の出来上がり。そしていよいよ「いただきます!」。

さすが天然、脂っこくない! その上弾力がある! が…なんかしっくりこない。ええと、あの…その…正直な話…美味しくないのだ。考えてみれば、食通の方と違って僕はおそらく生まれた頃からスーパーの養殖うなぎしか食べてない。だから「うなぎ=脂っこくて、身がほろほろと崩れるもの」なのだ。アレをうまいうまいと食べてきた僕にとって、天然うなぎの「いいところ」は「違和感」そのものだった。食通の人いうところの「天然食ったら養殖なんてうなぎじゃない」はその通りだった。たしかに天然と養殖はぜんぜん違う。僕が好きだったのは「うなぎじゃない何かどんぶり」のほうだったのだ。

以上、数行に渡った感想を食通のおじさんの前では一切漏らさず、僕は黙々と「うな丼」を食べた。番組の最後おじさんからの「どうでしたか⁉ 天然のうな丼は⁉」という質問には「美味しかったです！」と答えた。嘘ではない。「タレのかかったご飯部分」は凄く美味しかったから。

カツ丼よりうまいものが世の中にあるなんて

篠田正浩

働き始めた頃の松竹大船撮影所の門前には、それぞれ味の違う丼屋さんが三軒あった。戦争中は脂身を食べられなかったから、ここで初めてカツ丼を食って、こんなにうまい物が世の中にあるのかと思った。編集作業の合間に一気に食べられるから、活動屋にとってカツ丼が最高のファストフード。助監督時代の僕も、これが一番のご馳走だ、と思っていた。市川崑さんも木下惠介さんも、みんなカツ丼を食べていた。

ところが、助監督の中でも偉くなってくると、東京の本社で行われる試写に同行するようになる。そこでとんでもないものに出会ってしまった。

試写が終わると宣伝部が「ご苦労様でした」と、目の前にあるうなぎ屋、宮川本廛へ連れて行ってくれた。

「カツ丼よりもっとうまい物がある」

と教えられた。

それが本当に美味しくてね。それからというもの、千葉や埼玉のゴルフの帰りに尾花へ通うようになった。

そのうち、「もっとうまいうなぎがある」と教えられた。南千住の尾花。出てくるまでに一時間くらい待たされる。でも、待った。こ

と感動したよ。

この辺りはかつての小塚原の刑場跡。すぐ隣には吉田松陰や橋本左内が葬られた回向院がある。江戸の俤の散策と理由をつけながら、昼飯を食べにいったこともある。以来、うなぎ屋の看板を見かけると、つい入ってしまう。家で脂っこいものを出してもらえない反動かもしれない。

自分の健康について初めて自覚したのは、今から四十年近く前、かみさん(女優の岩下志麻さん)の出産に付き添って病院に行った時。医師に、まだ珍しかった人間ドックを勧められ、初めて心電図をとったら心臓の異常がわかった。「T波陰性」と言うらしい。

「酒、女、煙草のうち一つを忘れなさい」と言われ、煙草をやめた。

「心臓に負担がかかってはいけないから、体重をこれ以上増やしてはいけません」とも言われて、高タンパク質、高カロリーの料理を家で出してもらえなくなった。

僕は早稲田大学時代は競走部に所属し、箱根駅伝にも出場した体力自慢。当然、健康体だと思っていたから驚いた。ただ学生当時、中村清監督から、

「篠田君、君は僕が今まで見た中で一番いいフォームをしているのに、これしか記録が出ないのはおかしい。君はどこかでサボっているんじゃないか」

と言われたことがある。今考えてみると、T波陰性のせいで酸素の吸収力が弱く、消耗が早かったのかもしれない。中距離には致命的な欠陥だ。

そんな病気がわかっても止められなかったのはうなぎ。それもうな丼が好ましい。うな重だと、なんとなく重箱にごまかされた気がする。うなぎの美しい焼き目がお重の漆の色に溶け込んでしまう。その点、陶器の丼だと、うなぎが引き立つ。映画をやっている人間だから色彩が変に気になるんだ。

映画のロケ地でも探すのはうなぎ屋。「スパイ・ゾルゲ」は、犬山市の明治村に移築された旧帝国ホテルで撮影をしたが、その時も、

「名古屋にうまいうなぎ屋があるぞ」

といって、宮鍵と言う店にスタッフを引き連れて食べに出かけた。

ついこの間も、仕事で国東半島の宇佐八幡宮へ行った。昼時だったので、空港でタクシーに乗るなり、

「この辺でうなぎの美味しいところない？」

運転手さんも誘って食べたけど、ここのうなぎはめっぽう美味かった。ただ連れて行ってもらった店で、屋号を聞き忘れたのが、心残りだ。しょっちゅう食べているとありがたさが薄れるから、うなぎをうまく食べるためにインターバルを置くことにしている。昔は二週間に一回くらい。だんだん間があくようになってきている。今は二ヶ月にいっぺん、ガールフレンドを連れて行く。女の子にいいところを見せようという時でもないと、うなぎ屋には行かない。車に乗って、新富町に行くか、千住に行くか——そっちに行く用を考える。

地方によってどう味付けが違うかに興味があるから、地方で東京と同じ味だとがっかりする。うな丼は、御飯にうなぎの蒲焼をのせてタレをかけただけのシンプルな食べ物。しかし、食い物を出すのを商売にしている人たちは、焼き加減や米とうなぎ、タレの絶妙なコーディネーションを考えているはずだ。その場所に拠点を置いて、自分の味を守る。それによってお客が来る。味を守り続けることと歌舞伎の襲名はよく似ている。それから、駅伝のタスキも。タスキをつなぐ、血筋をつなぐ、味をつなぐ……。日本人の無意識が、土地土地によってうなぎの味として表れる。

その土地のうなぎを食うことはその地方の心根を感じること。歴史の知識が体現化する瞬間だと思う。

斎藤茂吉のミルク鰻丼

四方田犬彦

「鰻聖」という言葉があると、最近になって知った。マンセイと読む。鰻から霊感を受けて芸術的な創造行為に邁進するとともに、鰻料理が人類文化のなかで占める意義を喧伝するにあたって、多大な貢献をはたした人物に与えられる称号であるという。まあ平たくいってみれば、鰻が好きで好きでしかたのなかった芸術家ということだろう。ただちに思い出したのが、前の方で取りあげたドイツのギュンター・グラスである。だが、鰻にかけては日本だって負けるわけにはいかない。なにしろ日本は、たった一種類の魚の料理だけのレストランが全国津津浦浦にわたって存在するという、世界にも特異な社会だからだ。今回は歌人の斎藤茂吉（1882〜1953）に登場していただくことにしよう。仮にグラスが西の鰻聖であるとすれば、茂吉が東の鰻聖であることは、間違いのないことだろう。

茂吉がいかに鰻を好きであったかについては、いくらでも証言がある。短歌研究の立場から、一冊の研究書が刊行されているほどである。今回の原稿を書くにあたっては、里見真三の『賢者の食欲』に教えられるところがあったが、全集で4巻を占める3000頁近い日記を捜査した氏によれば、死にいたるまでの25年間ほどに、なんと902回にわたって鰻を食べたという記述があるという。昼と夜に続けて食べたということも珍しくないのだから、実際にはもっと多くの鰻を口にしていたのだろう。

築地にあった竹葉亭を借りて、長男茂太の結婚の打ち合わせをしようとしたところ、花嫁側があまりの緊張に、出された鰻を残してしまった。茂吉はそれを目敏く見つけると、ペロリと食べてしまったという。またある時は、地方の弟子たちに呼ばれて連歌を作ることになった。当然、打上げは鰻となるのだが、茂吉は誰の席にある鰻が一番大きいかという問題にいつまでも拘泥して、何回も重箱を取り換えさせたという。

青山脳病院の院長である茂吉には、患者たちの面倒を見るという激務があった。おのずから食事は出前となる。当然、鰻である。すごいときには連続4日間、鰻の出前をとったという記録がある。仕事から解放されて外食をするときも、まず鰻だ。といっても高級な料亭は、息子の見合いのときでもなければ足を向けることはない。病院からすぐ近くの佐阿徳や、宮益坂を下って、道玄坂を登る途中にある花菱といった、いっこうに気取らない鰻屋に好んで足を向けた。この2軒はいまでも続いている。わたしはこの間、花菱に入ったが、いかにも老舗という構えなのに'50年代のモダンジャズが微かな音量で流れていて、渋いなあという感じがした。

1940年の春のことだが、銀座を散策していた茂吉は、百貨店の食料品売場に鰻の缶詰が並んでいることを発見した。その6年前に浜名湖食品が製造を開始していたのが、たまたま目に留まったのである。茂吉は狂喜した。というのも日本の中国大陸への侵略はいっこうに終らず、街角にはしだいに戦時色が強くなろうとしている。やがて米英列強と本格的に事を構えることになれば、悠長に鰻屋で蒲焼を食べることだって難しくなるだろう。鰻がなければ歌はできない。歌人としての自分は、それで終ってしまう可能性がある。

その場で茂吉が発作的に大量の缶詰を購入した理由が、こうした漠然たる不安にあったのか、それとも医学者らしい予防の心掛けから来るものであるか、日記は何も答えてくれない。だが慎重な茂吉は、市井でまだ鰻を食べることができる間は、缶詰に手をつけようとはしなかった。真珠湾攻撃の翌日からは、興奮のあまり、3日連続して花菱で食べている。彼がいよいよ缶詰を少しずつ開け始めるのは、1943年に入って、少しずつ戦局が不利になってきた頃である。

1945年春、いよいよ空襲が激しくなると、茂吉は故郷である山形は金瓶に単身疎開を強いられることになった。もちろん万葉集とともに缶詰を大量に携えてゆくことは、忘れない。もっとも最上川にはもとより天然の鰻がいる。

「最上川に住みし鰻もくはむとぞわれかすかにも生きてながらふ」

いかにも嬉しそうな茂吉の顔が目に浮かぶようである。

何もわざわざ缶詰を開けるまでもない。東京にいたときには生命線とまで思われた缶詰鰻が、急にみすぼらしく見えてきた。日記によれば、弟子が遠方から訪れてくると、わざわざ缶詰を妹に開けさせ、炬燵にあたって「馳走」したりしている。何という余裕であろう。茂吉は2年後に東京へ引き上げることになったのだが、そのときも大量の缶詰を持ち帰ることを忘れなかった。東京はあいかわらず食料事情が悪い。朝な夕な缶詰を開けて、鰻への気持ちを満足させることになった。「十余年たちし鰻の缶詰ををしみをしみてここに残れる」という歌が、1949年に詠まれている。それほどまでに大量の缶詰を買い込んでいたのである。

では茂吉はどのようにして、この缶詰を食べていたのだろうか。電子レンジのない当時、ひとたび炊いた米や缶詰の中身を温めるには、たいそう手がかかった。一番いいのは、お茶漬けのように、何か温かい液体をぶっかけることである。

たとえば日記には、次のような記述が見られる。

「今日ハツカレテ朝ヨリ臥床ナドセリ。夕食ニうなぎナドヲ取リ牛乳ヲカケテ食ス」

そうか、冷えきった飯に缶詰鰻ではあまりに惨めなので、やはりミルクをかけていたんだな。当然このときのミルクは温められていなければならない。ちなみに『斎藤茂吉随筆集』(岩波文庫)に収録されている「第一高等学校思出断片」というエッセイに、なんとなく気になる記述がある。

「当時の学生が『雪駄の皮』と名づけた牛肉の菜では奈何にも足りないので、熱した牛乳を一本とる。そして、高音で『おおい賄。生薑もってこい』と叫ぶ。すると鮮紅色の生薑漬を皿にのせて持つてくる。それを二度も三度も請求して、飯に牛乳かけてはかきこんだものである。」

そうか、茂吉のミルクかけ飯は一朝一夕で考案されたものではなく、背後に半世紀近い研鑽が積まれていたのか。あるいはそこにドイツ留学のときの自炊の記憶さえ、働いているのかもしれない。というのもミルクと鰻というのはヨーロッパではけっして奇怪な組合わせではないからだ。先にグラスの章でも書いておいたが、わたしは以前、ポルトガルの片田舎で鰻とジャガイモをミルクで煮込んだシチューなるものを食べたことがあり、実に美味であったことを憶えている。それにドイツといえば、西の鰻聖グラスの故国ではないか。茂吉が留学中に現地のミルク鰻を口にしなかったと、誰が断言できるだろう。

そこで、さっそく蒲焼の缶詰を手に入れることにした。元祖の浜名湖食品が今でも製造していることがうれしかった。東アジアの国々からいくらでも安い鰻が届けられ、冷凍ものがいつでもスーパーに並んでいる現在、どこの缶詰会社も鰻缶詰の製造などとっくにやめてしまったというのに、いったい採算はあっているのだろうか。しかし心配は無用だ。さあ、勇気を奮い起こして、調理してみることにしよう。

缶詰を開き、なかの鰻を冷えた御飯のうえに載せる。熱しておいたミルクをぶっかけ、最後に紅生姜をトッピングしてみる。実に簡単なことである。

実際に作ってみると、ミルクの白に鰻の濃い味付けが混じりあい、食べているうちにコーヒー牛乳の色合いになってくる。醬油とわずかな味醂、それに砂糖の甘みが、ゆっくりと溶けだしてくるのだ。適度な塩味に付きあっていると、紅生姜の思いがけない酸味が伏兵で現われ、温かい汁気がいかにも滋味に満ちているように襲ってくる。そういえばわたしも学生のころ、山椒も置いていない場末の食堂で、鰻丼に紅生姜をかけて食べていたことがあった。患者の治療のため遅くまで診察室に籠っていた茂吉にとって、これはいかにも簡単にできて、しかも鰻を食べたと納得のいく一品であったに違いない。

さまざまな挿話から判断してみると、茂吉はけっして美食家であったわけではないとわかる。鰻はどこそこの川の天然物に限るといった通ぶった発言はけっしてしなかった。養殖ものが出回りだしたころには、これで安心して鰻が食えると素朴に喜んだし、缶詰だからといって馬鹿にすることもなかった。ただ眼前に鰻があるというだけで感謝の心をもち、満足してそれを口に運んだのである。

茂吉は1953年に70歳で他界した。死の2年前に、これで打止めと宣言するかのように、鰻をめぐる一連の歌を遺している。

「吾がなかにこなれゆきたる鰻らをおもひて居れば尊くもあるか」

「もろびとのふかき心にわが食みし鰻のかずをおもふことあり」

「これまでに吾に食はれし鰻らは仏となりてかがよふらむか」

もっとも日記を読むと、この後も死ぬまでに13匹の鰻を口にしている。こうなると頭が下がるとしか、いいようがない。

長い人生の間に自分の口によって咀嚼され、体内を通過していった鰻たちは、みな尊い仏となってしまったことだろう。食をめぐるこの態度は、動物は人間に食べられるために生まれてきたのだと、始めから決め付けてしまう多くの欧米人には、なかなか理解のできないところかもしれない。茂吉にとって生き物を食べるという行為は、つねに自分の生死と根源的なところで関わりあっていることであった。鰻については「首が飛んでも動いてみせるわ」という名科白が南北の『四谷怪談』にある。生命力の権化ともいえるこの魚を口にすることは、歌人茂吉にとって生そのものを見つめるのに絶好の機会であった。まさに鰻聖の称号にふさわしい3首ではないだろうか。

丼

團伊玖磨

久し振りの名古屋はかんかんと陽が照っていて、東京駅を新幹線が発車したと同時に眠り込んで、眼が覚めたのが到着三分前という為体（ていたらく）だった僕の眼に、何だかそこいら辺が全部眩しかった。改札を出たら、未だ中位に眩しいそこいら辺の真中に、久納さんが笑って佇（た）っていた。

本格的に眩しかった駅前の広場には足場が組んであって、近々催されるデザイン博覧会に間に合わせるとかで、駅の近辺の御化粧が行なわれていた。行き場が判らなくなって、コンクリートの破片に躓きながら工事場の中を暫く右往左往した末、タクシー乗り場を見付けて車上の客となった。

「やがてお昼です、何を上がりますか」

と久納さんが訊いた。

「フランス料理とアメリカ料理以外なら何でも」

と僕が言った。フランスで食べるフランス料理がどんな一膳飯屋に入っても篦棒に美味いのに、何故か日本で食べるフランス料理は僕には不味く、アメリカで食べるがさがさしたハンバーガーやフライド・チキンも、アメリカでなら何やらがさつでもそれなりの味わいのようなものがあるのに、日本でそうしたものを食べると僕にはこれも不味い。

「矢張り和食ですかな」

「昔よく行った『八千代』の豚カツは未だありますか」

「いや、彼処はね、一旦店を閉じたような形になって、今は昔の贔屓が盛り立てるような形で又別の所で始めています」

「ほう、『鯛めし楼』は」

「彼処は前通り盛んですよ」

「ほう、鰻はどうでしょう」

「あ、鰻ね、これは一寸良い店があります、そう、じゃ、鰻にしましょう、会場も近いし」

僕達は一方通行か何かの関係で最後の辺りでぐるぐるっと回って、こゝも眩しく陽の当たっていた「新甫」という鰻屋の暖簾を潜った。不思議な事に、二階の坐敷に通ると、久納さんの上役の黒柳局長が僕達を待っていた。これは不思議な事である。久納さんと僕は駅で逢ってからタクシーの中で鰻を食べようと決めたのでは無かったか。久納さんがそれ以後電話をした形跡は無い。然るに、鰻屋「新甫」の二階には黒柳さんが僕達二人を待っていた。黒柳さんは中日新聞の文化芸能局長である。久納さんは同じ中日の文化芸能局次長である。迅速なる情報伝達を旨とする現代操觚界の局長・局次長ともなればポケットに超小型電信機を潜ませ、トトン・ツー・ツー、コチラ、クノウ、クノウ、ゲンザイ「シンポ」ニムカイツツアリ、シキュウ「シンポ」ニムカワレタシ。等と僕に気取られぬようにポケット内で本社に打電、社からは、コチラ、クロヤナギ、クロヤナギ、リョウカイ。「シンポ」ニテマツ。ツー・ツー・トトン。等と返事が来ていたのかも知れぬ。或いは、どうせ團さんの事だから鰻を食いたがるだろう、「新甫」で待っているよ、というような事だったかも知れない。何れにしても敏腕という言葉は黒柳さんと久納さんのためにあると言って差支えない。

鰻は大いに美味かった。聞けば特上鰻丼であると言う。そして、その上、容器である丼その物がえらく良かった。素地も厚過ぎず薄過ぎず、絵も、碗と蓋とが対になって三個所宛の白地に松と椿と手前の竹垣の上に緋の瑞雲をあしらい、その三個所の白抜きの円の部分の間には、紺地に金の矢来模様の真中に赤の地に蓮の花が咲く。蓮の花弁は上下が白と緋の暈(ぼか)しになっている凝りようだ。蓋の抓(つま)みと糸底には春山のサインが見える。鰻好きの僕は今迄にどの位鰻丼を抱え込んだか判らないが、鰻屋の丼を好いと思った事など只の一度も無かった。良い丼に出会わなかったのかも知れないし、味わったり嚙んだり嚥下したりする事に熱中するの余り、丼をしけじけと見た事すら無かったように思う。それにこの春山銘の丼の極め付きは、糸底が常の物より高い事だった。そのために丼が大いに丼でありながら、一抹の気品を立ち昇らせているのである。嬉しいでは無いか。

僕が余り丼を気に入って褒めるものだから、伝染して、黒柳・久納の二大敏腕も大いに丼鑑賞を楽しんだ揚句、「新甫」に頼んで何個かを頒けて貰う事を申し入れる事になった。お女将(かみ)さんは余り良い顔をしなかったけれども、そこを一つと頼み込んだ末、時々纏めて瀬戸の窯元に焼いて貰うので、その時に余分に頼んで上げましょうという事になった。

玄関のきんこんかんが鳴って、昨日の夕方、大きな梱包の荷物が届いた。送り主は久納さん、丹念に梱包された荷を解くと、例の立派な丼が五つ出て来た。「新甫」にはスペアが用意してあったのだろう、時々纏めて瀬戸の窯元に頼むその時にと言っていたその時が来たにしては少々早過ぎる。きっと久納さんは黒柳さんと、トトン・ツー・ツーと相談して、「新甫」に掛け合い、スペア分を送って呉れる手配をしたのだと思う。敏腕ならではの迅速さと親切に僕は感激して、既に湯通しはして置きましたと久納さんの手紙にあった丼を一個々々、素地が温まる程撫で擦った。温まった丼の素地は、友情の温かさを仄仄と伝えて来た。

　ずっと前に、道を歩いていたら、中国の友人が、天丼、親子丼と書いてあった食堂の看板を見て、あの字は何の事ですかと言って、自分の掌に丼の字を書いた。どんぶりの事ですよと答えると、日本語の出来る友人は面白がって、日本の字でしょうね、と笑った。僕も丼は日本人の作った字——国字だと思っていたのだが、気になったので辞典を引いてみると、色々な解釈があって、どんぶり飯、どんぶり鉢、或いは職人の着る腹掛けの前の物容(ものい)れの袋状の部分、紙入れの覆いを言う場合の丼の字は国字らしく、容器の中に食物のある姿を描いた象形文字であると説明されているが、それとは関係無しに中国には中国でこの字が昔から存在し、井戸の中に釣瓶(つるべ)のあるさまの象形文字であって、転じて井戸の中に物が落ちる音を表す字として、漢音ではタン、呉音ではトンと読まれたという。それとは又別に、井戸の中に清水のあるさまを現した会意文字から清水を表し、漢音はセイ、呉音はショウ。後に丼は井と書かれるようになったという。上田万年外編纂の「大字典」（講談社）、藤堂明保編の「漢和大字典」（学研）、貝塚茂樹外編の「漢和中辞典」（角川）にはそう説明してある。

按ずるに、どんぶりという語が先にあって、井戸に物の落ちる音をどんぶりと洒落て、日本ではこの字を作って当てたのであろう。

さて、これからはカツ丼、親子丼、天丼、鰻丼等、丼物の時にはこの止事無い丼が出番となる。早速明日あたり、大名物出御のために丼物を作って呉れるよう家内に頼もうと思う。

底本・著者プロフィール

○天丼

「天丼の食べかた」――『食卓一期一会』晶文社
長田弘（おさだ・ひろし　一九三九―二〇一五）詩人。『深呼吸の必要』『奇跡―ミラクル―』他

「天どん物語――蒲田の天どん」――『食物漫遊記』ちくま文庫
種村季弘（たねむら・すえひろ　一九三三―二〇〇四）独文学者、評論家。『怪物のユートピア』『ビンゲンのヒルデガルトの世界』他

「天丼」――『少年と空腹』中公文庫
赤瀬川原平（あかせがわ・げんぺい　一九三七―二〇一四）芸術家、作家。『超芸術トマソン』『老人力』他

「丼もの」――『風の食いもの』文春文庫
池部良（いけべ・りょう　一九一八―二〇一〇）俳優、エッセイスト。『そよ風ときにはつむじ風』『風が吹いたら』他

「天丼」――『食い意地クン』新潮文庫
久住昌之（くすみ・まさゆき　一九五八―）漫画家、エッセイスト。『孤独のグルメ』（原作）『野武士のグルメ』他

「「天丼」か、「かき揚げ丼」か。それが問題だ」――『食の極道』文春文庫

勝谷誠彦（かつや・まさひこ　一九六〇―）コラムニスト。『ディアスポラ』『獺祭』他

○カツ丼

「わが幻のカツ丼」――『五木寛之エッセイ全集　第十二巻　宛名のない手紙』講談社
五木寛之（いつき・ひろゆき　一九三二―）作家。『青春の門』『親鸞』他
「助監督時代に覚えた〝カツ丼〟その究極の味わい」――『色即是食う　食う即是色』NTT出版
山本晋也（やまもと・しんや　一九三九―）映画監督。『カントク記』『風俗という病い』他
「幻のかつ丼」――『酒と食のときめき養生術』春秋社
帯津良一（おびつ・りょういち　一九三六―）医師。『粋な生き方』『毎日ときめいてますか?』他
「会津若松のソースカツ丼」――『日本全国ソウルフードを食べにいく』文春文庫
飯窪敏彦（いいくぼ・としひこ　一九四二―）写真家。『吾々は猫である』『いい街すし紀行』（写真）他
「月いちのドミカツ丼」――『食いしん簿』ミリオン出版
松本よしえ（まつもと・よしえ　一九六一―）イラストレーター、ライター。『幸せの満腹ごはん』『東京パクッと幸せぐるめ』他
「カツ丼のアタマ」――『銀座八丁　舌の寄り道』TBSブリタニカ
重金敦之（しげかね・あつゆき　一九三九―）エッセイスト。『食彩の文学事典』『ほろ酔い文学事典』他
「なぜ、取調室といえば「かつ丼」なのか?」――「dancyu」二〇一五年六月号

神田桂一（かんだ・けいいち　一九七八―）ライター、編集者。

○牛丼

「牛丼に満足！」――『大東京ビンボー生活マニュアル　1』講談社まんが文庫
前川つかさ（まえかわ・つかさ　一九五七―）漫画家。『ラストオーダー』『票田のトラクター』他

「牛丼と七味　吉野家」――『気がつけばチェーン店ばかりでメシを食べている』講談社文庫
村瀬秀信（むらせ・ひでのぶ　一九七五―）ライター、コラムニスト。『4522敗の記憶』『プロ野球最期の言葉』他

「牛丼マイウェイ」――『傷つきやすくなった世界で』集英社文庫
石田衣良（いしだ・いら　一九六〇―）作家。『4TEEN』『北斗』他

「牛丼屋にて」――『死んでたまるか』講談社
団鬼六（だん・おにろく　一九三一―二〇一一）作家。『花と蛇』『黒薔薇夫人』他

「長屋の牛丼　林家正蔵さん（落語家）」――『しあわせな食卓』北洋社
増田れい子（ますだ・れいこ　一九二九―二〇一二）ジャーナリスト、エッセイスト。『母・住井すゑ』『心のコートを脱ぎ捨てて』他

○親子丼

「〝丼〟旅行」――『小沢昭一百景　随筆随談選集2　せまい路地裏も淡き夢の町』晶文社
小沢昭一（おざわ・しょういち　一九二九―二〇一二）俳優、俳人、エッセイスト。『道楽三昧』『芸

人の肖像』他
「どんぶり」――『食卓の微笑』日本経済新聞社
戸板康二（といた・やすじ　一九一五―一九九三）評論家、作家。『団十郎切腹事件』『ちょっといい話』他
「どんぶり百年」――「あまカラ」一九六七年三月号
山本嘉次郎（やまもと・かじろう　一九〇二―一九七四）映画監督、エッセイスト。『カツドウヤ自他伝』『日本三大洋食考』他
「最後の食事」――『志ん生の食卓』アスペクト
美濃部美津子（みのべ・みつこ　一九二四―）エッセイスト。『おしまいの噺』『三人噺』他

○海鮮丼

「西伊豆のづけ丼」――『食べもの探訪記』光芒社
吉本隆明（よしもと・たかあき　一九二四―二〇一二）詩人、評論家。『共同幻想論』『最後の親鸞』他
「丼めし」――『伊丹十三の本』新潮社
伊丹十三（いたみ・じゅうぞう　一九三三―一九九七）映画監督、俳優、エッセイスト。『ヨーロッパ退屈日記』『女たちよ！』他
「鉄火丼」――『高座舌鼓』中央公論新社
林家正蔵（はやしや・しょうぞう　一九六二―）落語家。『四時から飲み　ぶらり隠れ酒散歩』他

「アナゴ丼」――『檀流クッキング』中公文庫
檀一雄（だん・かずお　一九一二―一九七六）作家。『真説石川五右衛門』『火宅の人』他
「ドンブリ大行進」――『ハリセンボンの逆襲』文春文庫
椎名誠（しいな・まこと　一九四四―）作家。『さらば国分寺書店のオババ』『岳物語』他
「丼の都、築地」――「ｄａｎｃｙｕ」二〇〇九年四月号
福地享子（ふくち・きょうこ）編集者、ライター。『築地魚河岸猫の手修業』『築地魚河岸寿司ダネ手帖』他
「玄界灘の魚介を豪快にかき込む！」――「ｄａｎｃｙｕ」二〇〇五年七月号
安西水丸（あんざい・みずまる　一九四二―二〇一四）イラストレーター、漫画家、作家。『青インクの東京地図』『東京エレジー』他

○いくら丼
「いくら愛」――『今日もごちそうさまでした』新潮文庫
角田光代（かくた・みつよ　一九六七―）作家。『空中庭園』『八日目の蟬』他
「母のイクラを食べさせたい」――『これを食べなきゃ　わたしの食物史』集英社文庫
渡辺淳一（わたなべ・じゅんいち　一九三三―二〇一四）作家。『光と影』『失楽園』他
「アラスカのイクラ丼」――『大地という名の食卓』数研出版
石川直樹（いしかわ・なおき　一九七七―）写真家。『この地球を受け継ぐ者へ』『ぼくの道具』他

○まだまだあるぞ丼

「ガンバレ中華丼」――『スイカの丸かじり』文春文庫
東海林さだお（しょうじ・さだお　一九三七―）漫画家、エッセイスト。『タンマ君』『アサッテ君』他

「品川丼、ず丼、純レバ丼」――『なぞ食探偵』中公文庫
泉麻人（いずみ・あさと　一九五六―）コラムニスト。『大東京23区散歩』『僕とニュー・ミュージックの時代』他

「やきにく丼、万歳！」――『やきにく丼、万歳！　おやじの背中、息子の目線』松柏社
佐藤洋二郎（さとう・ようじろう　一九四九―）作家。『夏至祭』『イギリス山』他

「コロンブスの卵丼」――『男の手料理』中公文庫
池田満寿夫（いけだ・ますお　一九三四―一九九七）芸術家。『エーゲ海に捧ぐ』『模倣と創造』他

「三杯飯が五分、ねぎ削り節丼」――『ぶっかけ飯の快感』新潮文庫
小泉武夫（こいずみ・たけお　一九四三―）農学者、エッセイスト。『発酵食品礼讃』『くさいはうまい』他

「日本人の大好物、どんぶりもの」――『頭痛、肩コリ、心のコリに美味しんぼ』遊幻舎
雁屋哲（かりや・てつ　一九四一―）漫画原作者。『野望の王国』『美味しんぼ』他

「私、丼ものの味方です」――『私、丼ものの味方です』河出文庫
村松友視（むらまつ・ともみ　一九四〇―）作家。『私、プロレスの味方です』『時代屋の女房』他

「待ちぼうけの丼」――『今日はぶどうパン』プレジデント社

平松洋子（ひらまつ・ようこ　一九五八―）エッセイスト。『買えない味』『野蛮な読書』他
「カツ丼の道」――『カツ丼の道　素人庖丁記2』ランダムハウス講談社
嵐山光三郎（あらしやま・こうざぶろう　一九四二―）作家。『「下り坂」繁盛記』『漂流怪人・きだみのる』他
「無我夢中でコンサルタント」――『おそれずにたちむかえ　テースト・オブ・苦虫5』中公文庫
町田康（まちだ・こう　一九六二―）作家。『告白』『ギケイキ』他

○うな丼

「丼」――『隠居の日向ぼっこ』新潮文庫
杉浦日向子（すぎうら・ひなこ　一九五八―二〇〇五）漫画家、エッセイスト。『合葬』『江戸へようこそ』他
「丸にうの字」――『たべもの芳名録』文春文庫
神吉拓郎（かんき・たくろう　一九二八―一九九四）作家。『私生活』『夢のつづき』他
「鰻」――『贋食物誌』中公文庫（「鰻（うなぎ）②」）
吉行淳之介（よしゆき・じゅんのすけ　一九二四―一九九四）小説家。『驟雨』『暗室』他
「まむし!?」――『小林カツ代の「おいしい大阪」』文春文庫
小林カツ代（こばやし・かつよ　一九三七―二〇一四）料理研究家。『小林カツ代のお料理入門』『小林カツ代のおかず道場』他
「「うなぎの蒲焼」の話」――『のはなし』宝島社

伊集院光（いじゅういん・ひかる　一九六七―）タレント。『DT』（共著）、『ファミ通と僕』他
「カツ丼よりうまいものが世の中にあるなんて」――「文藝春秋SPECIAL」二〇一三年夏号
篠田正浩（しのだ・まさひろ　一九三一―）映画監督。『河原者ノススメ』『路上の義経』他
「斎藤茂吉のミルク鰻丼」――『ラブレーの子供たち』新潮社
四方田犬彦（よもた・いぬひこ　一九五三―）比較文学者。『映画史への招待』『白土三平論』他
「丼」――『暮れてもパイプのけむり』朝日新聞社
團伊玖磨（だん・いくま　一九二四―二〇〇一）作曲家、エッセイスト。『朝の国・夜の国』『パイプのけむり』他

本書はちくま文庫のためのオリジナル編集です。
なお、本書中には今日の見地からは不適切と思われる表現や語句がありますが、
作品発表時の時代背景と作品の価値を鑑み、そのまま掲載いたしました。

ＪＡＳＲＡＣ　出１７００６８７―７０１

ちくま文庫

満腹どんぶりアンソロジー
お～い、丼

二〇一七年二月十日　第一刷発行

編　者　ちくま文庫編集部
発行者　山野浩一
発行所　株式会社　筑摩書房
　東京都台東区蔵前二―五―三　〒一一一―八七五五
　振替〇〇一六〇―八―四一二三
装幀者　安野光雅
印刷所　三松堂印刷株式会社
製本所　三松堂印刷株式会社

乱丁・落丁本の場合は、左記宛にご送付下さい。
送料小社負担でお取り替えいたします。
ご注文・お問い合わせも左記へお願いします。
筑摩書房サービスセンター
埼玉県さいたま市北区櫛引町二―六〇四　〒三三一―八五〇七
電話番号　〇四八―六五一―〇〇五三
© Chikumabunko 2017　Printed in Japan
ISBN978-4-480-43428-9　C0195